Tatjana Simonović Ovaskainen
ZGAZI ME NEŽNO

Biblioteka RAD

Urednik
JOVICA AĆIN

Na koricama:
Botičeli, "Proleće", 1482.

Tatjana Simonović
Ovaskainen

ZGAZI ME
NEŽNO

Priče

RAD

ČASOVI ENGLESKOG

U trenutku kad sam zakucala na nova vrata od trešnjinog drveta, stan broj dvadeset tri, već sam potpuno izgubila osećaj za vreme, i činilo mi se kao da sam nekada davno ušetala u prostor ove stambene zgrade, razgovarala sa portirom, dala mu svoju ličnu kartu i ušla u ogroman lift od inoksa, sa crnim kvadratima na vrhu, i staklenim prozorom. Kad je lift stigao do drugog sprata, meni je stomak prijatno poskočio, tako da sam celu vožnju još jednom ponovila, ovaj put gledajući se u ogledalo. Posmatrala sam svoju blago posvetljenu kosu neodređene boje, i gledala sam u svoje, kao u sauni okupane, vlažne oči, i naročito u svoje levo oko koje je od prekomernog čitanja počelo da izleće u stranu, što me je asociralo na Botičelijevu Veneru, u koju sam od malena bila zaljubljena. Prvi put sam je videla na razglednici koju mi je poslala majka sa svoje studijske ekskurzije po Italiji, a onda sam je i ja videla, sa dvadeset tri godine, i bila potpuno hipnotisana lepotom slike, zamišljenošću boginje, tako da sam dugo stajala pred slikom, sve dok me u mom ushićenju nije ismejao jedan muškarac. Tako sam i sad stajala pred ogledalom i predala se uživanju u poređenju svog lica sa Venerinim plavookim licem, kojoj je jedno oko blago zanosilo u stranu, što na žalost, mislim da nam je jedina sličnost. Onda je celo njeno lice počelo da se pojavljuje preda mnom, da lebdi oko mene, pa sam ugledala i njen dugi vrat, srcolike usne, male, kao pupoljak. Nisam mogla da se oslobodim njenog lika, čak ni kad sam izašla iz lifta, vizija prelepe riđokose Venere nije me napuštala, videla sam njenu desnu dugoprstu šaku, kako prekriva desnu dojku, dok dugom talasastom kosom, uzvitlanom od vetra, prekriva stidni deo, sva setna i poetična, dok joj Hora dodaje ogrtač. Ona stoji na školjki, kao u nekoj večnosti, rođena iz morske pene.

Pokušavam da izađem iz ove slike, dok već petnaestak minuta stojim pred tim trešnjevim vratima broj dvadeset tri, koja su, kao i sva ostala vrata, utisnuta kao pečati u svetlozelene zidove.

Kad najzad pokucam, čujem "Slobodno!", i ulazim u ogroman stan, koji je kao i hodnik, obojen zelenkastom bojom, koju ranije nisam volela jer me je podsećala na moju muzičku školu i na ispucane bolničke zidove, ali sad mi ništa ne smeta, jer je stan, da ne kažem stančina, tako lepo, gotovo zen-budistički uređen, prazan i moj stomak se smiruje.

"Izvolite, ko vam treba?", prijatnim glasom pita me visoka devojka, plava i plavooka, odgovaram joj da tražim gopođu Veru, i da sam prijateljica njenog sina, čak iz osnovne škole. Devojka mi odgovara da Vera, samo što nije došla iz grada, da mogu slobodno da sednem, ona brine o stanu. Pita me da li bih htela nešto da popijem, i ja biram zeleni čaj, i kad ona ode, kroz meni nepoznata vrata, u nozdrve mi ulazi miris insensa od pačulija. Zagledala sam se u ogromnu školjku, koja nije bila ravna i otvorena, kao ona iz koje je izašla Venera, već uvijena i bodljikava, sedefasto bela, sa narandžastom unutrašnjošću. Kad mi je donela čaj, devojka me je povela kroz stan, a mi smo išli, kroz, činilo mi se beskrajne hodnike prepune vrata koja su vodila na sve strane, u sobe koje su tek tu i tamo bile ukrašene palmama i kaktusom, sa stilskim tamnim nameštajem. Pošto smo tako prošli hodnikom dugim neloliko metara, devojka me je napokon uvela u prostoriju koja se mogla nazvati salonom, gde me je zaslepilo blještavo svetlo, iako su plastične bele roletne bile spuštene preko polovine, i gde me je smestila u udobnu fotelju od ratana sa šarenim zelenoljubičastim ukrasima, i izgubila se kroz leva vrata, ostavljajući me desetak minuta sasvim samu, u tom vrtu zelenila, gde je dominirala ogromna difenbahija, debelog stabla, visoka skoro dva metra, sa časopisima na stolu, uglavnom ženskim, koje sam izbegavala da čitam, jer su me podsećali na lekarske ordinacije ili frizerske salone, pa sam, uzdržavši se od prelistavanja posmatrala kako svetlost pravi pruge, probijajući se kroz roletne, na tamnom, debelom parketu sačinjenom od velikih ploča.

Zašto sam uopšte došla, prvi put sam se sad pitala, jer kao da sam se napokon probudila iz sna i našla u stvarnom svetu. Došla sam da pronađem slike onih popodneva i večeri, kad sam, trčeći s predavanja, izlazila stanicu ranije, odlazila prema Savi, u sad već staru i oronulu četvorospratnicu gde je živeo moj drug iz razreda sa majkom i ocem. Mislim da je mu je otac bio grafički dizajner, a šta mu je majka bila po profesiji, to nisam znala, jer Vera nikad nije o tome pričala, pa je nisam ni pitala. Znam samo da su svi bili vegetarijanci, a mislim i da su meditirali i da su se bavili autosugestijom, što je meni, u to vreme bilo veoma zanimljivo, i kad bih ulazila u njihov stan, kao da sam prekidala tišinu koja je tamo vladala. Dakle ja sam kod svog, da ga tako nazovem, prijatelja odlazila da učim engleski, ne sećam se više da li mi je jednom ili dvaput nedeljno držao časove. Sećam se, pela sam se peške, gore na četvrti sprat, i nosila sa sobom naravno olovku i plavi rokovnik, u koji smo upisivali *The SimplePresent Tense*, i tako redom, druga vremena u engleskom jeziku. Govorio je prijatnim i uvek tihim glasom, diktirao mi je rečenice, gramatička pravila i odstupanja, vežbali smo situacije u kojima bih se snašla u prodavnici, kod doktora, na ulici...A ja, nisam baš smela da ga gledam jer je bio toliko lep, da sam se plašila da gledam u njegove potpuno crne bademaste oči, jer onda ne bih naučila gotovo ništa. On je bio miran, sigurna sam, ravnodušan prema meni, rukom je često prolazio kroz svoju kao svila tešku ravnu, crnu kosu, i gladio je svoje uvek tamnoputo uzano lice. Kad sam imala hrabrosti, gledala sam u njegovo zlatasto lice sa malo širim nozdrvama i crvenim, punim usnama iznad kojih su se tamnile tanke dlačice. Šta je oblačio, to stvarno ne mogu da kažem, jer mi se od pogleda na njegovo lice stomak okretao, i ja sam se uz, ne znam više koliko teške napore, usredsređivala na engleski jezik. Nekad sam dobijala čaj, nekad je bio neraspoložen, od čega mi je bilo neprijatno, jer sam pomišljala da sam ja uzrok njegovoj skrivenoj ljutnji, iz osećanja nesigurnosti koji me je uvek pratio.

Ali sve časove mi je održao, i to tako dobro, da sam, kad sam se i sama posle nekoliko godina obrela u inostranstvu, odlično snalazila na engleskom, a na svim ispitima na fakultetu sam dobijala desetke. Negde u to vreme rekao mi je da je počeo da izlazi s mojom koleginicom sa fakulteta, i iskreno mislim da me to nije ni najmanje povredilo, iako sam ga volela, na neki neobičan način, možda kao nekog antičkog apolona od kamena, ili zelenog vozara sa Delfa sa staklenim očima ili zlatnog Sidartu. On je bio kao kip, mladić kome nikad ništa nisam rekla, a ni on meni, sedeli smo, oko godinu dana jedno preko puta drugog, nemi i uzdržani.

Devojka je ušla i donela zeleni čaj, tiho mi spustila kinesku plitku šolju na sto prekriven staklom, i tiho izašla.

Da, zašto sam došla? Nisam mogla sebi da objasnim, nisam ga videla preko petnaest godina, još od vremena kad je, napustivši studije prava, otišao u inostranstvo, i otad za mene postao izgubljena vizija muške lepote. Doduše, mislim da sam ga u to vreme često sanjala i dodirivala njegovu šiljatu bradu, prevlačeći prstima preko oblina njegovog nosa, da sam ga hvatala za ruku, skidala mu košulju udisala miris njegove gotovo istočnjački tamne kože bez dlaka, posmatrala ga kako žmuri i budila se srećna, jer takvi snovi su mi uvek donosili dobre dane. Sanjala sam ga često, a o njegovom životu nisam znala skoro ništa, i nisam ni imala potrebu da znam, iako je on bio taj čije sam dodire, mada sasvim čedne i detinje, sanjala. Šta sam uopšte mogla da mu kažem, da li sam ga volela? Ne znam, niti sam naučila da vidim prelaz, tu tananu liniju između ljubavi i požude. Jer, kako se kasnije u životu pokazalo, uvek se prvo pojavi želja za dodirom, mnogo pre ljubavi. Ljubav se često ne rodi, a sama strast izbledi i nestane. I kada se neka veza brzo završi, i kad više ne postoji uzbudljivost, da li bi mogli taj odnos da nazovemo neljubavnim? Kuda je odletela ta mala i kratkotrajna privlačnost, često se pitam? Zar i ona nije bila deo ljubavi? I šta se onda dešava u braku, kad te uzbuđenosti nestane? Da li se onda završava i ljubav? Celog života težimo sjedinjavanju, bez obzira da li nekog volimo ili ne, možda neko vreme vidimo samo jednu osobu, a onda nam se oči ponovo otvaraju prema svetu, prema drugim telima i mirisima, novim sanjarenjima.

Devojka je opet ušla u sobu i prekinula moje misli.

"Vera je stigla, dole je u prizemlju."

Sedim i čekam, malo sam uspaničena jer ne znam šta ću joj reći, iz torbe vadim poklon koji sam joj donela, knjigu koju stavljam na sto, vadim je iz kese, i kao i uvek, pitam se da li je poklon prigodan. Ona ulazi i prepoznaje me, osmehuje se i pita me: "Otkud ti? Kako si, šta radiš?" Dok joj sažeto odgovaram kako sam i šta radim, i sama joj postavljam slična pitanja, i moram da priznam da ne čujem odgovore, ali ona izgleda odlično, nasmejana je, ima izgled majke koja je zaljubljena u svog sina. Već joj po očima vidim da mi ništa što je budem pitala neće reći o njemu, da ga čuva od svih iskušenja.

"Kako vam je sin? Gde je sad?", pitam je i ona počinje sa nekom čudnom pričom, on je u Francuskoj, ne u Italiji, i zna groficu Deruvije, a on ima već troja kola, i razveo se, da, već se razveo, govori mi, i ima svoju firmu, putuje po celom svetu, govori mi bez prestanka i bez smisla, moram da primetim, on nije nigde, šta on to radi, ne razumem, niti ona hoće da mi kaže. Tek, on je uspešan i bogat poslovni čovek, a šta on to radi za mene ostaje tajna. Gledam je pravo u tamne oči, i pitam se šta ona misli da ja hoću od njenog sina. Možda se plaši da ću ga pitati da me oženi i izdržava, možda ga zato tako skriva. Polako odustajem, mislim da ga neću pronaći, ipak je pitam da li dolazi povremeno u Beograd, ne bi li se udostojila da mi odgovori kad dolazi, međutim ona odgovara, da ja već znam kakav je on, što nije istina, jer ja njega uopšte ne znam, nikad se ne zna kad će on doći, i nastavlja da mi govori nepovezano, i već malo umorno i nervozno, da kad dođe, menja patike i cipele barem pet-šest puta dnevno, presvlači se, i tako je ćutljiv, nikad nema vremena ni za koga.

"Dobro onda, dajte mi njegov mejl", kažem joj odlučno, ne odustajem, i ona me za pravo čudo ne odbija, već kopa po svom starom raskupusanom kožnom imeniku, traži adresu više od dvadeset minuta, na kraju je nalazi i pruža mi je. Za trenutak me ozbiljno pogleda i kaže mi:"Samo jedno te molim, mene ne spominji."

Izlazim, kroz onaj isti hodnik, koji kao da je malo posiveo u međuvremenu, i ulazim u lift u kome sam imala Botičelijevsku viziju, portir mi vraća moja dokumenta i izlazim na bučni novobeogradski bulevar. Oko mene je graja, autobusi ispuštaju čađave izduvne gasove, automobili trube i skoro lete.

Dva meseca posle toga sedim prekoputa njega na jednom od savskih splavova. Gledam ga pravo u oči, ne prepoznajem ga. Ostarili smo oboje, promenili smo se. Njegovo lice se zaoblilo, i dalje je crn, koža mu je žućkasta, ima i dalje one guste, teške obrve. Ono što me najviše iznenađuje je da su mu se oči savim promenile, i šiljata brada. Ostalo je tu. Kao tigar se šćućurio u zelenilu. Opasan je i brz. Volim ga, da, ali ne želim da ga dodirnem.

ŠIŠARKA

Možda ću baš ove noći, kad je leto na izmaku, moći da te sanjam, jer to je sve što ću ikada moći. Kako su samo bedne reči, i nimalo ne opisuju ono što osećam prema tebi. Kad bih ti rekla, ne, nikada ti neću reći, ne znam šta bi bilo gore: stid što te volim, ili stid što sam ti priznala. Verovatno bi me pogledao i okrenuo mi leđa, šokiran kako sam sebe uvukla u želju, kad znam da je nemoguće. Nemoralno. Možda te volim baš zbog toga. Ipak, znam kako si me gledao, a tu su bile i stvari koje si rekao. Možda si se samo šalio, kad si me podigao, ili drvenastim prstima stegnuo, kad si tražio da te poljubim u obraz. Ili kad si me nežno uhvatio za ruku. Sećaš se, rekao si da je pomisao da me vidiš uzbuđujuća. U kratkoj haljini, da li si to rekao?

Znaš, ne mogu da spavam. Odsutno gledam u redove slova u knjizi, ne slušam šta mi govore prijatelji, neprekidno ti se obraćam i zamišljam da razgovaramo. Dok pričam s tobom, izgovaram i stvari koje mi nisu prijatne, isprobavam dokle mogu da idem. Nisu to samo stvari koje bih htela da čujem, nekada su to i grube reči koje me ponižavaju. "Kako si samo smešna, šta si zamislila?", neke su od tvojih reči. A još češće je tvoje ćutanje, koje me je toliko puta hladilo od ove bezumne strasti.

Nekad ipak zamišljam da mi prilaziš i kotrljaš mi se preko lica, dodiruješ mi usne, uzimam te u ruke, dodiruješ mi celo telo. Kakvu slast tad doživljavam zamišljajući tvoj dodir, dodir toliko puten, malo bolan, Skoro da mogu da osetim braonkaste jagodice tvojih prstiju na svojoj koži. Zamišljam njihovu suvoću, dok me golicaš, nežno prevlačeći prstom preko mojih leđa.

Zato ne znam šta da mislim o svojoj tajnoj ljubavi, zašto da je se odreknem? Najčešće sam s tobom dok radim, i dok se kupam, a kad uveče, nestrpljiva legnem u krevet, znam da ćemo možda biti zajedno i bez mog režiranja, u snu. U nekoj šumi, ispod četinara, naslonjeni na travu punu iglica koje pucketaju pod našom težinom.

Stalno se gledam u ogledalo, zadovoljna sam, volela bih da znam kako me ti vidiš. Jednom si mi rekao da zbog moje lepote ne možeš da spavaš noću. Sve što izgovaraš je onako, neobavezno. U stvari, nemam pojma šta misliš. I to me uzbuđuje, to što ja ludim i nemam namere da ti otkrijem, a i ti si taj, koji, najverovatnije ne zna. I stojiš tamo gore na polici pored drvene antilope iz Afrike, onako drven i nem.

Sutradan, u našem imaginarnom razgovoru, ćutljiv si. Pobegneš od mene. A meni je tad zlo, od tvog zatvaranja i odbijanja, ali uveravam sebe da se ti normalno ponašaš, da bi se to sigurno desilo i u stvarnosti, štipam se za butinu, šapućem svom uzbuđenom telu, koje je u grču, da se smiri. Odlazim u drugu sobu, što dalje od tebe, odem kod kćerke.

Gladim je po kosi i ljubim je, i mislim na reči iz Biblije, kako je greh i pomisliti na preljubu, a kamoli izvršiti je, ali ne mogu s tim da se složim. Nema ničeg prljavog u strasti između nas dvoje, možda ima u ostvarenju te strasti, ako povređujemo svet oko nas, ali u zamišljanju nema. I ko je taj koji ne zamišlja?

Toliko sam srećna što me misli na tebe navode na sladostrašće, priželjkujem da si topao i lak, da me grliš. Zamišljam kako si postao visok, viši od mene. Da više nisi minijaturan, bebica-šišarka, i samo ta slika mi stvara osećaj potpunog užitka. Dodiruješ mi vrat, hvataš mi ra' mena...

Da li se mučim? Mislim da ne. Sic transit gloria mundi. Proći će i ova usplahirenost, ljubav, požuda, strast, šta li je? I vratiću se pravljenju planova, slaganju majica pod konac u orman, uživanju u parfemima, neobuzdanoj kupovini karmina. Nastaviću svakodnevno da se presvlačim po nekoliko puta, da se divim krivini svog vrata, istrćenosti zadnjice, a ti, bićeš još jedna uspomena iznad mog radnog stola, na polici koja nije dobro pričvršćena za zid, lik koji se utisnuo u moj lik, pretopićeš se u bore oko usana, jer kad god pomislim na tebe nasmešim se, postaćeš tek neki pređašnji slatki uzdah, izmešaću te sa svim prethodnim i budućim ljubavima. Ostvarenim i neostvarenim, odsanjanim. Kad pocrniš i osušiš se, sačuvan na onoj staroj polici, mala šišarko, tada, ću ti možda reći... Ali to neće biti isto. Čekam da te izgubim, da pomisao na tebe zamre, pa da ti kažem da sam te volela. Sada mogu da izdržim više nego obično. Radim više, bolja sam prema mužu, nežnija prema ćerki, strpljivija sam na poslu, ali grabim svaki trenutak samoće, šišarkice moja lepa, koja ne znaš ništa, da te odsanjam.

CRVENA HALJINA

Napokon je sela za klavir. Prebirala je po dirkama, nije znala šta da odsvira. Počela je Šopenovu etidu op. 10 broj 4 u cis- molu. Odmah je poželela da ustane od instrumenta. Desna ruka joj se ukočila posle tri reda, a etida nije bila ni u tempu, bilo je tako neprijatno svirati, i sopstvene šake osećala je kao sluzave, meke hobotnice, davno ulovljene i već pomalo trule. Pokušala je s Šumanovom Krajzlerijanom i bilo je nešto bolje, prsti su leteli po klavijaturi, ali opet nije kontrolisala ruke, pokreti nisu bili gipki, prsti su sami izmicali kontroli, klizili. Znala je ona za taj osećaj, bila je potpuno van forme, i to nije bio prvi put. Ustala je i nije znala šta će sa sobom. Šta će sa svojim nezadovoljstvom, koje ju je obuzimalo u lepljivu tamu odustajanja od svakog plana, od sebe kao pijanistkinje? Sela je za sto i zapisala na papiru šta će svirati, pet Šopenovih etida iz opusa 10, samo ne prve dve, one su krvavo mučiteljske, prva je napisana za ogromnu ruku, sa pasažima koji brišu po svim registrima gore-dole, a druga je etida sitne tehnike, hromatike u stvari, koja koristi samo treći, četvrti i peti prst desne ruke, u neprirodnom položaju. Sviraće i Skrjabinovu prvu sonatu, trebaće joj mesec-dva da je pročita, jer Skrjabin je, onako sočan i guste teksture nečitljiv, onda će uraditi Šumanovu Krajzlerijanu, možda Baha Goldberg varijacije, ne, ne, to je predugačko, radije neku francusku svitu ili partitu. Da, tako će raditi, tri četiri sata dnevno, poboljšanje će osetiti već za dve nedelje, a u formu će ući za nekoliko meseci.

Pokupila je note iz prašnjave police, uzela krpu i obrisala prašinu, odnela note na klavir, sipala kiselu vodu u čašu.

Pogledala je kroz prozor, bilo je vruće, nekih trideset pet stepeni, ulica je bila prepuna zelenog drveća, koje je krupnim krošnjama pravilo hlad na užarenom asfaltu.

Otišla je na terasu da vidi svoje cveće, bugenvilija je tek procvetala, muškatla takođe, prkos je pupio, a loza je rodila belo grožđe. Samo su ruže precvetale.

Trebalo ih je stalno đubriti i prskati, stalno su ih napadale vaši ili pepelnica...

Cele školske godine čekala je raspust, da svira, da se odmori, da li je bila srećna? Sela je za klavir, počela je, išlo je teško, ruke su je brzo zabolele, morala je da vežba sporo, da spušta ruke, da ih protresa, opušta. Prošao je jedan sat, sporo i bolno.Otišla je da zapiše taj sat uspeha na papiru, crno na belo. Deca su igrala lastiš ispred zgrade, bilo je vreme ručku, osećala je glad i umor. Ipak nije joj se izlazilo zbog vrućine, iskopaće nešto iz frižidera, skuvaće integralni pirinač i miso supu. Hoda po stanu, čeka da joj se ruke opuste, uključuje pirinač, tri puta ga meša u ekspres loncu, u pravcu skazaljke na satu, i tri puta prosipa prljavu vodu. Tako kažu makrobiotičari da treba. Za sat vremena biće gotov. Uključuje sat na šporetu. Šporet je prljav, ima masnih žutih fleka oko ringli.

Sad čita Skrjabina, bolje bi bilo reći da ga nabada, sonata zvuči bezveze, kao da to nije ta muzika, kao onda kad savlada tekst i prosvira je, kad to postane muzika koja je svu obuzima, žari, s kojom može da bude u ljubavi, kojom može da objasni svoju samoću. Sad se akordi nižu nepovezani, često pogrešno pročitani, figuracije u levoj su grubi potezi, bez boje, bez artikulacije, čisto zamuckivanje. Kao neko drombuljanje, ubogo i sirovo. Vežbala je tri sata, dokle je mogla da izdrži. Postala je mokra od znoja, a iz nje je iscurela sva strast, koje je mislila da ima napretek, bila je sigurna da će strašću moći da se hrani celog leta.

A ona je, naprotiv osećala iscrpljenost i glad. Istuširala se i prošetala gola po stanu. Izabrala je lepu maslinasto-zelenu haljinu, postavila sebi sto i sela da jede.

Za danas joj je bilo dosta klavira, mislila je dok je jela pirinač, pila zeleni čaj, i žvakala presni karfiol. Zatim je isključila telefon, koji ionako neće zvoniti, legla na krevet, osećala se paralisanom od gorčine zelenog čaja i od bola u desnoj ruci.

Proverila je mejl. Niko joj nije pisao. Bila je zaboravljena i osetila je samoću veću nego ikada pre.

Dok leži, sluša kako bruji klima, kako tiho pokreće svoj propeler na terasi. Cveće se blago povija na vetru, sa fuksije otpada krupni ružičasti cvet, sunce polako pada.

Tone u san, i sanja sebe na podijumu. Sedi u crvenoj haljini za klavirom, ruke su joj suve, sigurne i spretne, trema pre početka je mala i stimulišuća, smiruje svoj dah, počinje, baš tu prvu Skrjabinovu sonatu. Oktave u levoj su teške, ali gipke, leteće, svira onako kako je retko kad uspela. Kao da je muzika napravila krug, dostigla savršenstvo, početak je dodirnuo kraj, bilo je to stvaranje. Uspela je da pronikne u formu, da suštinski spoji sva četiri stava sonate.

Kad je završila koncert i pogledala u publiku, videla je da tamo sede samo sedi starci, koji klimaju glavama, ozbiljni. U sali je ostala tišina, nije bilo aplauza. Nije joj neprijatno u snu. Ne guši je srce. Ustaje i zna kako da se pokloni. Lepa je i mlada.

Sad već, i u snu, zna da je to san. Ne budi joj se, ostala bi još malo tu sa ovim starcima. U raskošnoj crvenoj haljini od šantung svile.

POKLON

Nisam znala da li da te pozovem, verovatno sam dosadna, ne znam. Svakog dana ti nekoliko puta dnevno govorim naše životne besmislice, male događaje, koje izgovaranjem ostaju nešto duže urezane u zemlju, kao drvenim štapom, pre nego ih kiša razlije, pre nego što nestanu. Nisam znala da li da te zovem i danas, pomislila sam, jednom više nećeš biti tu uz mene, jednom neću moći da ti ispričam sve te gluposti koje čine moj život, možda pre životarenje, pročitala sam jutros reklamu bračnog para psihologa koji nude rešenje za neuhvatljivost vremena, pomažu nam da zgrabimo za uzde svoje bitisanje, ostvarivanje. Jutros mi je ćerkica imala tempreaturu, i cele noći je kašljala, spavala sam sa sinom koji me je šutirao u glavu i okrenuo se u krevetu u toku noći barem dvadeset puta. Izdrala sam se na njega kroz san, polubudna, iznenađena svojim glasom. Sinoć nam se psić popiškio na jedan krevet, pa peremo posteljinu deseti put ovog meseca. Znaš, kad s tobom razgovaram, postane mi lakše u mojoj tesnoj koži, olakšam sebi želje koje me tako teško pritiskaju, hoću da čitam, da posmatram jesenje lišće kako sporo opada s drveta, da sedim s tobom na splavu na Savi, i gledam u zasleljujuću zelenkastu vodu, našu Rajnu, u kojoj nimfe, koje su ovde tamnokose, čuvaju grumen zlata. Šta sam sve mogla jutros da ti kažem, da imam mnogo da radim danas, da moram da inhaliram sina dva puta, da mu dam antibiotik, do utorka treba da naučim šest sonata i pet komada. I da sam juče sinu kupila kutiju za blago, platila sam je pet stotina dinara, i on od juče traži po stanu blago i stavlja ga u svoju drvenu kutiju, na kojoj su urezana kineska slova, i presovano lišće, a unutra je privezak sa delfinom, koji sam mu kupila u Tampereu, u Finskoj, i ogrlica američkih Indijanaca, i narukvica od školjki i pokidana katolička brojanica s krstom, kupljena u jeftinoj robnoj kući u Danskoj, baš one godine kad sam saznala da sam u drugom stanju. To je bilo onda kad sam jedva održala koncert, moj poslednji, solistički, kad sam imala jake tahikardije na sceni, i kad nisam znala da li da ustanem i prekinem koncert ili samo ostanem tamo, ubedim sebe, oblivenu znojem, da će sve (šta to sve) biti u redu, da će se srce smiriti. U kutiji su i moje trake za kosu sa cvećem, koje volim da nosim oko ručnog zgloba umesto narukvice.

Sve sam to mogla da ti ispričam jutros, pre tvog posla, i zadržim te malo dok ti zadovoljno srkućeš svoju nes kafu sa sojinim mlekom, i poželim da si tu pored mene i da mi oduvaš strahove koji su me obuzeli, da mi pomogneš, dok te još imam, da mi objasniš zašto ih je tako mnogo i da li su povezani sa eksplozijama na Suncu, da li sam se zbog toga osećala loše, da ti se pohvalim da sam namestila sve krevete, nahranila ribice, oprala kupatilo, istuširala se, oprala terasu od kučeće mokraće, primetila debeli sloj prašine po celom stanu, ubuđane hlebove po kesama u kuhinji. Da li bih ti rekla da te volim, da sam te pozvala? Da li bih ti rekla da si mi kamen na koji se naslanjam, možda jedini, možda preveliki, možda sam tek tvoja senka, ili senkina senka, sklona životarenju, tugaljivom prepuštanju vetrovima, samosažaljenju?

Uvijam se u svoju nemoć, skvrčim se na krevetu kao nedonošče, pokrijem i zažmurim, kao pre rođenja, to ne znaš, to već ne mogu da ti kažem.

Tako sam se ipak odlučila da ti napišem ovo pismo. Lakše mi je nego da te pozovem. Ne znam kako drugačije da nazovem ove škrabotine, da ti ispričam da se ovog proleća osećam neobično umorno, i da je ruža ciklama boje propupela sa preko četrdeset pupoljaka. Čak i limun ima tridesetak plodova, već krupnih. Mnogo bih volela da dođeš, a da ne pomisliš da želim da te gnjavim, to je poslednje što mi je na pameti, jer te volim, sasvim sigurno. Bilo bi lepo da dođeš i da smo sami u stanu, bez muzike, da sednemo na plavi kauč, okrenuti jugu, da posmatramo ptice kako sleću na ovu otvorenu terasu bez krova, vrane, svrake, golubovi, vrapci. I samo da sedimo u tišini, opušteno. Da gledamo kako sunce polako ide prema desnoj strani, prema poljima, još nenaseljenim, gde nebo menja boje dok tamni prema zapadu.

Ništa drugo ne bih imala da ti kažem. Zato te neću pozvati, bilo bi me stid, i sva bih se spetljala, ne znam šta bih rekla. A i deca su uvek kod kuće, uvek je bučno, gledaju crtane filmove, otimaju se oko igračaka. A ja nisam nikada tako mirna, kao što bih volela da budem... Samo u rečima, koje ti poklanjam, ne sve, ali mnoge, i u zvucima koje nekad pravim, na momente mirna kao jezero. Ja bih se vrtela nervozna, kad bi ti došao, nudila te pićem, izvinjavala bih se zbog buke i nereda, odlazila do kupatila da popravim šminku, koju ti ionako ne voliš, sigurna sam u to.

Ovako je ipak bolje, ovako mogu da ti poklonim izmaštani deo sebe, onaj najbolji deo, odsanjani.

GLAVA U WC ŠOLJI

Kad je ušla u svoj studentski stan, na četvrtom spratu, u staru, potpuno iskrivljenu zgradu, sa oguljenim brodskim podom, koji je bio prefarbavan bar trideset puta različitim bojama, i iskrivljenim prozorima, proverila je da li je njena cimerka unutra. Kronprinsessegade, ulica Krunuisane princeze 44 u Kopenhagenu, kucnula je na vrata cimerkine neuredne sobe, i pošto se uverila da je nema unutra, spustila je teške kese koje je dovukla iz najbližeg jeftinog supermarketa. Ušla je u prostranu, svetlu kuhinju, takođe krivu, tako da joj se stalno činilo da ima vrtoglavicu, i unela dve kese prepune hrane unutra. Bila je nesnosno gladna, jer je danima, u želji da oslabi, i skine naslage sala sa butina i zadnjice, jela samo konzerve skuše u paradajz sosu ili neslanu tunjevinu u vodi. Ili integralni pirinač i jabuke. I pila je kiselu vodu. A sad je nakupovala hranu koju je inače smatrala zabranjenom. Vadila je iz kese piletinu za pohovanje, kobasicu, svetli hrskavi hleb sa belim lukom, čokolade, keks, koka-kolu. Sve će pojesti. Nije više mogla da podnese ukus bljutave hrane, neslane, gorke, suve. Prvo je ispržila piletinu, pa nervozno pogledala na sat, da proveri koliko ima vremena, da se, priznala je sebi, naždere kao svinja. Bilo je tri po podne, cimerka je rekla da neće biti u stanu pre sedam. Taman je imala vremena da sve pripremi, najede se, napije se i ispovrati sve u klozet. A posle toga da oriba klozet, ako ga isprska povraćkom, skuva sebi čaj i opet pojede tost ili integralni pirinač. I sve ono gorko, bljutavo i neukusno. Da se opet pročisti i vrati asketskom životu. Često se posle povraćanja osećala jako loše. I od naprezanja su joj otekle pljuvačne žlezde ispod brade. Otišla je pred ogledalo i pogledala se.

"Odvratna si. Zašto ovo radiš, uništićeš sebi zdravlje? Debela svinjo!", rekla je osećajući se tako loše i prljavo što ovo radi. A nije joj bilo prvi put. Radila je to već tri godine, iako ne baš svaki dan.

"Da li još uvek *bljuješ*?", odjekivalo joj je u glavi pitanje njenog oca.

"Da li znaš koliko je to opasno?", ponavljala joj je i majka preko telefona, i ona joj je obećavala da to više neće raditi, ali nije mogla da prestane, morala je sebe da kažnjava, da prazni svoju utrobu i gleda se u ogledalo sa zakrvavljenim očima na crvenom licu.

Piletina je cvrčala na ulju, a ona je već halapljivo jela hleb i kobasicu. Toliko je ružno jela da je zasekla treći prst na levoj ruci, koji je počeo obilno da krvari. Dezinfikovala ga je alkoholom, stavila flaster, i nastavila da jede. Posle hleba prešla je na piletinu, i već je bila sita, ali ne, neće sad prestati. Mora da nadoknadi sve one odvratne ukuse kojima je sebe mučila, i sve one gimnastičke vežbe, trčanja od četrdeset pet minuta dnevno, od kog su joj mišići na butinama samo rasli, kao i apetit. Htela je isposničko lice, upale obraze, male grudi, tanke noge. Htela je da se promeni, pošto-poto, samo nije znala kako.

Trpala je u usta sve što je kupila, i pomislila kako je taj novac mogla da iskoristi za nešto pametnije, bolje, da pomogne svojoj siromašnoj majci, koja prebrojava svaki dinar za hranu, dok ona ovde životari i traži nešto nejasno. Jela je čokoladu, koja više nije imala dobar ukus, i keks, celu kutiju, a onda joj je bilo jako muka. Osećala se kao da će prsnuti kao naduvani, nafilovani balon. Posle prejedanja, sve ostalo je bilo rutina. Pila je vodu, dok joj je srce tuklo, odlazila je u kupatilo, kao klozetarka, i naginjala se, gurajući prst u grlo, napipavajući resicu. Hrana je izlazila, još nesvarena, skoro ukusna, a kako je dalje povraćala, hrana je postajala otrovno kisela.

Povraćanje je bilo gotovo. Ali toliko ju je dotuklo da se stropoštala dole. Pored WC šolje, dok joj se tahikardija pojačavala.

Počeo je da je obliva ledeni znoj. Bilo joj je zlo, nikog nije bilo pored nje. U ruci je stezala mobilni telefon. Nije bila sigurna da li će smoći snage da ustane, da popije čaj s medom, koji će je okrepiti. Da li se plašila? Da li su joj ovo poslednji trenuci? Zamišljala je kako će je mrtvu zateći u klozetu. Zgrozila se na tu pomisao, setila se da tu obično završavaju narkomani. Da li je i Elvis Prisli umro od srca u WC-u?

Počele su da joj trnu šake, i da je obuzima panika. Ustala je i dokopala se parčeta hleba i šolje čaja.

"Kao da samu sebe spasavam od stvari koju sam sama sebi napravila. Zašto ovo sebi radim? Da li ovo može da bude poslednji put? Koliko godina ovo sebi radiš, tri ili četiri?"

Nije mogla tačno da se seti. Osetila je kako joj se niz od kiselinom oprljen jednjak, sliva topli čaj od nane, blago sladak, pila ga je polako, kao da joj ga je prineo sam anđeo. Mrmljala je *Oče naš, koji si na nebesima...*

Gledala je u svoje šake. Niko nije znao šta ona radi. Samo majka. Posmatrala je ranu od zuba, na svojoj desnoj šaci, dok je gurala sebi prst u usta, pogledala je i treći prst, na levoj šaci, uvijen u flaster.

Oprala je kupatilo, oprala je sudove za sobom. Omotače od čokolade i keksa sklonila je u kesu, u svoju sobu, ispod iznajmljenog klavira. Legla je na svoj dušek, na pod. Sanjarila je o danu, kad će prestati s ovim. "To nikome neće moći da kaže, nikada. Tako je strašno i sramotno"...

ŽENA S GREŠKOM

Bilo joj je žao što će takva slast ispariti iz njenog tela. Svaki slobodni trenutak koji je imala posvetila je sećanju i sanjarenju. Nije to bilo pravo sanjaranje, jer se mnogo toga desilo. Znači, to je bilo i sećanje i domaštavanje. Ležala je na krevetu, i zamišljala kako joj on prilazi, a tad bi je obuzimalo osećanje nemirne uzbuđenosti, slasti, u očekivanju da je on poljubi. Najlepše od svega bilo je to, da je svaki razgovor između njih dvoje mogla tačno da predvidi i zaustavi, na mestu koje joj je postajalo neprijatno ili koje bi njega natmurilo ili sasvim ućutalo. I tako se približavao taj poljubac. Htela je prvo da ga se seti, jer više nije volela da se ljubi, ni sa kim sem sa njim, kod svih drugih je osećala zadah belog luka, ili ukus piva, ili neki neprijatni miris, zbog kog joj se više nije ljubilo.

Ali u mašti, njegove usne su se bez drhtanja i oklevanja spustile na njene, pa se poljubac pretvorio u divno preplitanje jezika. Baš kao što je i bilo sa njim: savršeno.

Sledeće čega se sećala jeste da je umeo uvek nešto novo da joj kaže, ali ne nešto trivijalno, kao lepa si ili sviđaš mi se, nego nešto sasvim drugačije. Setila se, da je jedna od najlepših stvari koje je čula od njega, bila: presijava ti se koža kao da si sirena. Sama nije mogla da zamisli šta bi joj on rekao, jer joj je govorio uvek drugačije stvari, pa se vratila dodiru. Dodir je bilo lakše zamisliti i prozvati. Reči su bile kao stene koje razdvajaju tela, kao knedle u grlu, a njihov dodir bio je baršunast, kao pokrivač, suviše mek i suv da bi bio stvaran. Da li da ostane na poljupcu, pitala se dok je žmureći osećala ono prijatno grčenje u stomaku, tako da je pomislila da je on opet pored nje. Gledala je u svoje noge, ležala je u gornjem delu stare pidžame, koju nijedan ljubavnik ne bi poželeo da vidi, ali on ju je voleo i u njoj. I tako ju je želeo.

Dok su bili zajedno, bili su sasvim neobuzdani. Telefonom su se dogovarali gde će se naći, i on je navaljivao na nju, na stepeništu hotela, slep od požude, pritiskao joj je grudi, uvlačio joj ruke pod majicu, bezumno, i ljubio je pre nego što bi ušli u sobu. Ni ona nije htela da misli ko je on zapravo, nije htela da zna ništa sem oblika njegovih usana, jezika i mirisa njegovog tela. I nije htela da misli na to kako oni ne mogu da ostanu zajedno, kako je to nemoguće. Bili su zajedno kad god su to mogli, jednom su čak otišli i u Novi Sad i proveli tamo tri dana, ne izlazeći iz sobe, gladni jedno drugog, naizmenično se javljajući kući i izgovarajući besomučne laži: ona roditeljima, a on svojoj ženi, njenoj rođenoj sestri.

Kako si dobra, govorio joj je dok je ulazio u nju, zašto nisam prvo tebe sreo, dahtao je na njoj i okretao ju je onako malu, sitnu u svojim rukama, ljubio je u vrat, mirisao joj loknavu kosu. A posle vođenja ljubavi, nežno ju je držao za ruku i odvlačio u kupatilo da joj istrlja leđa i uvijao je u peškir. Gledao ju je tako, kako je niko drugi nikada nije gledao. Ali, ona je prekinula, nevoljno, očajnički. Morala je, nije mogla više da gleda sestri u lice. Njena dve godine starija sestra, zauzeta doktorka, divna i lepa žena sa dve ćerke, nije ni pomišljala. Samo je nekoliko puta prokomentarisala, da joj je drago što se njih dvoje tako dobro slažu. A ona ga je molila da je ne gleda pred sestrom, jer je bila sigurna da će svi primetiti, jer joj se lice žarilo od njegovog pogleda, i osećala je uzbuđenje i želju za njim i njegovim telom, i tu, u prisusutvu sestre i njihove dece i svojih roditelja.

A na tome bi sve i ostalo, nekako se uvek sve ono što sledi posle toga iskomplikuje, obično je žena ta koja koja odjednom počinje nešto da očekuje, nešto sebi zacrta i nervozno sedi pored telefona i čeka da je taj neko pozove, odmerava mu rečenice, vaga da li mu je boja glasa bila topla, ili ju je samo onako, reda radi pozvao, tek da ne ispadne da je samo hteo da spava s njom. Niko ne veruje da i žena može da iskoristi muškarca, to nikoga nije mogla da ubedi. Tome jednostavno niko nije verovao.

Ležala je već pomalo neraspoložena i prekrstila je svoje vitke noge, pustila Debisijev "Imaž" i slušala kako se pastelne klavirske boje uvlače u njenu sobu, kako njen bivši ljubavnik, ili bolje reći njegove usne odlaze i ona opet ostaje sama, prelivena duginim bojama i nekim zlatnim lišćem, zlatnim ribicama, mesečinom koja izviruje, tako da se vide odbljesci na vodi, ustalasanoj, srebrnoj. Ne, neće se udati i neće imati decu, najverovatnije. A ova muzika joj je davala snagu da uživa u sebi, onako nesavršenoj, svadljivoj kad god joj majka i otac pomenu koliko ima godina, kad joj zamere da odlazi na posao u iscepanim farmericama, kad se vrati razočarana, izduvana kao balon. Kome da objasni da ne može to što se očekuje od nje, i da to nije loše, nije loše što nema decu, ona to nikada nije želela, zašto bi svaka žena imala decu? Ipak, svaki put kad je izlazila i kad su je zabrinute prijateljice, onako izveštačeno trepćući, zadrigle u svojim naoko uspešnim brakovima, upoznavale sa svojim slobodnim prijateljima, ona je ipak podrhtavala, postajala je ustreptala i nadala se da će možda ovaj sledeći put ipak biti drugačije i bolje. Namigivale su joj, gurkale je i kikotale se, iako je svima bilo jasno da je nude, kao neku istrošenu, izrabljenu i polovnu robu, da je udaju, da treba se *skrasi, jer šta joj je drugo preostajalo?* Obično je taj izabrani usamljeni prijatelj, neženja, uglavnom njoj bio krajnje odbojan, i najčešće je doživljavala samo razočarenje, naročito ako bi se upustila u razgovor s takvim muškarcima. Obično bi saznala da čovek od četrdedetak godina još uvek živi sa majkom, koja ga je zvala tri-četiri puta dnevno, da mu ona i dalje kuva, pegla i pere. Neki su joj čak objašnjavali da vole kako im majka na određeni način pegla i slaže čarape, na šta bi ih ona samo gledala, ne zabezeknuto, jer je toliko sličnih stvari već bila čula, već odsutno, gledala ih je trepćući svojim svetlim našminkanim očima, onako sitna, filigranska, kako je ranije govorila njena majka. Žurila je kroz njih, popivši pritom ili čašu vina koje ju je brzo opijalo, pa su joj trnule ruke i oduzimale se noge, posle čega je morala da zove oca da je odveze kući, ili bi pijuckala viski i slušala kockice leda kako udaraju u ivicu čaše, posle čega bi se osećala hrabrije, i za čudo manje pijano.

Njene prijateljice ostajale su razočarane, jer uprkos brojnim večerama koje su zbog nje pravile, svim tim muškarcima koji su bili zainteresovani za nju, ona sve učinila da ih izbegne, ismeje i zaobiđe.

Kad joj je bilo dosta samoće ili majčinog setnog lica, sa krupnim plavim očima, koje su je nemo pitale: šta sam to dušo, pogrešila s tobom? Dušo moja, hoćeš li ostati sama, u ovim godinama kao ja, pogurena, umorna i sama? Kako se tvoja sestra udala i postala doktor i ima decu, a ti? Sve je ona to videla u majčinim očima, majka nije ništa glasno govorila, ali te njene oči bile su tako nesrećene i zabrinute.

Kad joj je bilo previše da gleda svoju majku, odlazila je u kafić posle posla, ispijala je dva-tri viskija i okretala mobilni telefon svog prijatelja ginekologa, koji je uvek bio raspoložen za nju, koji je uvek nalazio razlog da svojoj ženi i deci objasni da mora da izađe, i koji je dolazio, uvek čist i namirisan, s lepim osmehom, zgodan i srećan. Seo bi preko puta nje, malo umorne, i već pijane, onako korpulentan, sa širokim ramenima, prišao bi joj i zagrlio je, pa bi je sasvim ljigavo pitao: kuda ćemo? Na ševu, pomislila je, i to te čini tako srećnim da varaš onu svoju sirotu ženu, koja sada uspavljuje decu, pere sudove ili prostire veš. Možda ti i pegla košulje. Jadnica, i ona i ja. A ti si patetičan, govorila mu je bez reči. Ali on to nije video. Bio je usredsređen na nju kao tetreb.

Samo je rekla: idemo kuda hoćeš, ti biraš. Samo idemo što pre, rekla mu je da bi mu olakšala, dok su mu se od zadovoljstva caklile oči. On se žurio, ona je to znala, ipak je morao da stigne kući i odigra ulogu dobrog i vernog muža svojoj ženi. Ljubavnicu je bilo lako naći, ali poslušnu i odanu ženu, mnogo teže. On je ustao i platio joj piće, bio je tako galantan, i onda ju je odvezao svojim novim besnim kolima, do jeftinog, starog hotela u centru grada, gde su obično odlazili. Uzeli su sobu, i njoj je već raspoloženje splaslo, jer je napamet znala raspored stvari u toj sobi, koju je uvek uzimao za nju, i ko zna za koliko još drugih žena, to je nije ni interesovalo. I dok su se peli gore, već je videla kako navaljuje na nju, i obara je na veliki krevet, i kako kao svaki doktor skida prljavi prašnjavi prekrivač, gasi svetlo, skida se, otkopčava joj farmerke, skida joj majicu, a ona mu se poslušna, ali bez strasti predaje. Otkopčava joj brushalter, pa onda svoje pantalone, i čarape, jer mu je rekla da ne podnosi da je muškarac na njoj sa čarapama na nogama i onda ulazi u njene dubine, širi joj noge, ona ne želi da gleda njegov penis, samo zna da je stavio kondom, to joj je najvažnije, i prodire u nju, širi joj butine, ulazi i izlazi, dok ona misli, kako je sve ovo glupo, glupo i dosadno. Posmatra mu lice koje se grči i prosede slepoočnice koje se znoje od napora, i on svršava. To je kraj njihove ljubavne priče. On bi je zagrlio, uvek bi je pozvao da legne pored njega, dok bi krajičkom oka gledao na sat, da vidi koliko mu je vremena ostalo, ali ona je uvek brzo odlazila iz hotelske sobe, pre njega, i nije mu dozvoljavala da je vozi kući, nego je zaustavljala taksi.

A onda bi se sa bolovima u stomaku, nesrećna, do ludila zaljubljena u muža svoje sestre vraćala kući, savijajući se u taksiju, previjajući se od osećanja da je zaprljana, zaražena, sva očajna, kad su joj izvirale slike uda njenog ljubavnika, ginekologa, i tad joj se povraćalo, jer to vođenje ljubavi nikad nije bila ljubav nego neko usiljeno dahtanje i skidanje, i ona se samo grčila i zatvarala u sebe. I dolazila je kući, bežala od pogleda ostarelih roditelja, skidala crveni karmin grubo, rukom sa svojih punih usana, izuvala cipele i odlazila u kupatilo da se tušira dugo, dok se i poslednja kap tople vode nije spustila na njeno malo mršavo telo, koje je počelo da se ježi od hladnoće. Onda je mokre kose i razmazane maskare odlazila i pila čaj, i tupo gledala u poruke na svom mobilnom telefonu, a te poruke su uvek bile iste, "Ne razumem, šta se desilo, zašto mi nisi dala da te ispratim? Da li sam nešto pogrešno uradio?"

Ne, mislila je, ništa pogrešno nisi uradio, a najverovatnije sam ja pogrešna, zla i pogrešna, rekla je naglas i zakikotala se, vrteći prstom ukovrdžani pramen svoje kose. Roditelji su zabrinuto gunđali iz susedne sobe, gledajući televiziju.

Još je počela i naglas da govori sama sa sobom, promrljao je njen otac, zavaljen u fotelju, s daljinskim upravljačem u ruci. Govorio sam ti da je ne puštaš previše, govorio je, ali ona je znala, da su reči bile upućene njoj. Reči su prolazile su kroz odškrinuta vrata, i bockale je kao iglice četinara, samo je ona već bila navikla na to, nije se više uzbuđivala. Nastavila je da pije čaj i zamišlja odnos koji je upravo imala, i videla je sebe, usiljenu i napetu, kako trči do hotelskog kupatila, i kako u trenutku odlučuje da se ne tušira u ovom neprijatnom i stranom kupatilu, već se samo briše toalet papirom od suviše vlage, oblači i umiva. On je moli za toalet papir da umota kondom, i ona mu ga dodaje, gledajući pravo u njegove oči, tamnokestenjaste.

ŽABE

Vrtela se po stanu celo veče, nervozno, počela je da pere sudove i ostavila ih, bilo ih je previše, počela je da čita jednu knjigu i ostavila je, onda je oprala šaku trešanja i pojela je, a ostatak vratila u najlon kesu u frižider. Sve joj je bilo teško, gledala je razbacane stvari po stanu, svoje cipele i dečije majice. Malopre je uspavala decu, i sad je počinjao onaj deo dana koji je imala za sebe. Mogla je da radi šta je htela. Uključila je Baha, i slušala ga jedva pet minuta. Počela je da čita drugu knjigu, ali nije razumela nijednu rečenicu. Ceo dan je s radošću iščekivala veče, da se odmori, da uživa, ali postala je neobično nezadovoljna, praznina je narasla u njoj i ispunila je.

Sa ulice se čuo vrisak jednom, pa drugi put. Izašla je na terasu u pidžami, sa neuredno skupljenom kosom da udahne vazduh. U susednom soliteru, dve devojke su sedele jedna preko puta druge i jedna je pušila, sigurno razgovaraju o muškarcima, ili o Holivudskim glumicama i glumcima, pomislila je dok je zalivala cveće i zatvarala prazne plastične flaše. Usput je skupljala dečiji veš i slagala ga na sto. Sparivala je dečije, muževljeve i svoje čarape. Odvajala je veš za peglanje, a ostalo raznosila u ormane. U daljini su treptala gradska svetla. Gotovo da je mogla da čuje šta ljudi oko nje pričaju. Ipak, svi glasovi su se slivali u prijatnu kakofoniju. Danas kompozitori samo mogu da snimaju zvuke sa ulice, ne moraju ništa da rade. Običan muzički diktat, pomislila je. Samo ako imaju dobar sluh i posao je završen. Jedino što ona više nije nalazila razlog da ode i odsluša koncert, sve je već čula.

Tako nervozna, ušla je u stan. Bilo je još nekoliko stvari koje je trebalo da uradi. Možda da ih preskoči. Da sedne i odmori se. Ali svi mišići su joj treperili, prosto nije mogla da se opusti. Nije znala zbog čega.

Samo da me ne takne večeras, pomislila je, dok je ručno prala veš. Ne večeras. Pogledala se u ogledalo i namazala lice. Dok je bila devojka nije volela svoje lice, a sad ga je prihvatila i zavolela. Pažljivo je primećivala svaku promenu na njemu, kao i na svom telu. Kad je bila dobro raspoložena bila je zadovoljna svojim izgledom, bila je već uveliko u godinama kad više nije razmišljala o tome koliko je nesavršena.

Iz kuhinje se čuo zveket escajga. Njen muž je prao sudove, i posle nekog vremena joj je prišao i nežno rekao : "Izvini što te prekidam samo sam nešto hteo da ti kažem. Verujem da treba da uradiš to što si zamislila. Neću da ti smetam."

"Ne smetaš mi, samo hoću da budem malo sama, ne znam zašto sam nervozna. Izvini. Proći će".

Volela ga je, u to je bila sigurna. Bilo joj je žao ali nije mogla da bude srećna, bar ne te večeri. Možda bi trebalo da se prošeta, to bi je opustilo. Deca su odavno zaspala, zalila je cveće, mogla je da se obuče i izađe. Da li da izađe ili ne? Hoće li je on razumeti? Da li će joj zameriti? Izašla je. U ulazu višespratnice sedeli su klinci i ljubili se. Izašla je, neuredna, i oslušnula veče. Da, bilo je to junsko veče dve hiljade šeste godine. Pokušaće da mu zapamti boju, miris i zvuk. Još uvek je na šetalištu, među platanima i kestenjem bilo graje, deca su vozila bicikle, ljudi su šetali. Sve je bilo uobičajeno. Prošla je pored smrdljivog kontejnera, pored razvaljene dečije ljuljaške, pored nikad ispražnjene mermerne kante za đubre. Po čemu da izdvoji baš ovo veče? Kako da ga upamti? Misli je utopila u svoje korake. Da li da ode do Save, pitala se dok joj je teški, vlažni vazduh bolno nalegao na pluća. Setila se Save, kako se povukla od vrućine i zamislila je gomilu otpadaka u blatu oko splavova, koje niko ne čisti. Malih pačića oko pataka i kreštavih galebova koji su kružili iznad vode. Kao da je udahnula teški ustajali miris zaprljane vode. Miris močvare. Ne, nije htela do Save, osetila je treperenje u rukama i nogama, iznenadni talas umora. Posle stotinak metara se okrenula i pošla nazad kući.

Setila se kako je te večeri teško uspavala ćerku, koja je dugo plakala i jecala, dok je govorila: neću. Cele večeri devojčica je protestvovala, odbila je da večera, i smirila se tek kad ju čvrsto zagrlila, i onako uplakanu prislonila na svoj obraz. Onda ju je posmatrala mirišljavu i okupanu, kako blaženog lica prekrivenog plavim uvojcima, tone u san, kako opušta svoje male oble ruke, kako joj pada glava. Dugo ju je mirisala i ljubila, sve dok joj disanje nije postalo čujno, kad ju je unela u krevet.

Onda je uspavala sina, koji je već umoran, mirno ležao u krevetu, dok mu je ona češkala leđa i pričala priču o Japanu. Sin je zaspao posle nekoliko minuta.

Kad je sledeći put izašla na terasu, da okači veš koji je oprala i iznese flaše s vodom koje je napunila, noć je zamenila veče, sasvim neprimetno, žamor je prestao, niko se nije čuo, samo lajanje pasa. Vazduh je postajao svežiji, iznad trave i asfalta se hvatala fina izmaglica, a sa reke se čuo kreket žaba. Za tren je zastala i smirila se. Zatvorila je oči i slušala žabe, kako se nadvikuju u kreketanju, nekad jače, pa tiše, kao da pevaju, pa razgovaraju. A tramvaj je zabrujao, jureći prema svojoj poslednjoj stanici.

ČAROBNE STVARI

Bila je tako umorna od posla, željna dosađivanja i leškarenja. A to nikom nije mogla da kaže, bilo joj je neprijatno kad je nekoliko puta pričala s prijateljima s posla, koji su je zabezeknuto gledali, ako ti je dosadno, daj otkaz, govorili su joj, pa se osećala tako glupo što je imala potrebu da se ikome poverava. Neće više nikad da bude iskrena s nekim sa posla, "sa svima lepo, ni sa kim iskreno", govorio je njen deda, koji je bio u pravu, samo što ona nikako nije mogla da ga posluša. Jezik joj nije davao mira, istrčavao se uvek pre nje, dugačak i šiljat, skoro do brade, kad ga je plazila... Zadovoljstvo od plaženja jezika, nažalost slabilo je, kako su godine promicale, i to je sada radila retko, u kupatilu pred ogledalom, kad je bila sama. Nije mogla više da zamisli da se bilo kome drugom isplazi!

Za njen umor nisu baš imali razumevanja ni ukućani: muž i dvoje male dece, a ni rođaci, svi i sve ju je pritiskalo, toliko da je nekad iz radosne porodične vreve odlazila u kupatilo da u miru odsedi deset minuta, zapušenih ušiju. I stvarno, ubrzo bi joj postajalo malo lakše, prodisala bi i setila bi se da ima dvoje divne dece, da ima posao, da voli svog muža, da je udata. Šta ćeš više od toga, svi bi je pitali, kad se kao neka ludakinja na poslu pojavljivala uvek s novom knjigom pod miškom, sanjareći šta će sve narednih meseci da pročita, koji će novi jezik da nauči, samo ako bude staložena i uporna.

Bližio se godišnji odmor, juni je do polovine već prošao, divan i u kišama, a onda je krenula vrelina, i deca su bila nervozna, jer su bila u stanu više nego obično, pa je po ceo dan neurotično sklanjala za njima igračke, pelene, čarape, prljave majice, kore od banana, usisavala je mrvice, a između svakog od milion malih poduhvata, pročitala bi po jednu rečenicu iz knjige koja je tog trenutka bila na repertoaru. Taman kad bi sela da uz kafu malo duže čita, devojčica bi pala, ili bi dečaku trebalo da pere guzu. Bio je to divan i neumoljiv posao, iznad svega dinamičan. A vreme ručku se primicalo neumitno, i tad je trčala iz kuhinje svakih pet do deset minuta da nadgleda decu, koja su je zvala da vidi ovaj divni crtež s najvećim japanskim drvetom, ili da igra s njima ringe ringe raja. I baš uvek, vadila bi iz usta svoje malene devojčice krede, njene omiljene poslastice, ili dugmiće, najmanje delove lego kocki, toalet papira. Ili je, dok bi rasklanjala sudove posle ručka, vadila parčiće krompira iz nosa svoje ćerke. Letela je između dece i kuhinje ili kupatila, skijala kroz igračke razbacane po podu, usput skupljala parčiće iscepane hartije, slagala karte, lepila iscepane stranice dečijih knjiga, zatvarala flomastere... Samo još ovo i ono, pa ću moći da se odmorim, ali nažalost, uvek bi iskrsnula još jedna, pa onda još jedna stvar, pre tog odmaranja, i samo joj je još ovo smetalo, i ono...

Kad bi deca zaspala, njen posao je počinjao. Rasklanjanje, pranje, čišćenje. I posle svega toga, posle ponoći, pranje kose, i onesvešćivanje od umora.

Ne mogu baš sve, izgovarala je sama sebi, dok su je snovi i sanjarenja pritiskali, sve teži i nabujali, hranjeni dugim, neprospavanim noćima. Videla je sebe, u tim snovima kako zadovoljna i odmorna, uspeva baš sve što je naumila.

Mnogo puta sebi je rekla da to tako ne ide, da se snova treba odreći, i biti samo majka. I tad bi se po mesec dana latila posla, u početku mirna, pa sve nervoznija i nezadovoljnija, što je prvi, na svojoj koži, mogao da oseti njen muž, kome bi siktala i cedila reči kroz zube, pokazivala mu na papiru šta je sve tog dana ili te nedelje uradila, izgovarajući se kako je umorna, i to bi tako iscrpljivalo i nju i njene ukućane, sve dok nije odlučila da u svaku tašnu stavi po knjigu, koja je bila simbol slobode, da živi neuredno, aljkavo, i neisprogramirano.

Barem nešto pokušavam, rekla je sebi, što je zazvučalo skoro normalno i skromno, dok su je u grudima pekli žmarci od meseci proćerdanih na sklanjanje veša, stvari i rasčišćavanje. To izgubljeno vreme podstaklo ju je da nešto promeni, da se ponekad opusti, da ne bude robinja.

U kućnom, takozvanom "ženskom" poslu, nije bilo vremena za decu. I da nije, u laganom očajanju, s v remena na vreme, prestajala da sklanja i čisti gotovo da i ne bi imala vremena da deci čita najraznovrsnije stvari, Crvenkapicu, Ivicu i Maricu, Princezu na zrnu graška, i priču o dobrom drvetu, ali i o džinovskoj sekvoji, kvrgavom boru, planetarnom sistemu, o brojevima. I toliko je bila srećna, i ona i deca, da je vreme ručku stizalo prerano, kako to da je već pola tri mislila je, dok su mališani tražili da slušaju još. Oko njih su ležale desetine knjiga, papira i flomastera, jer je njen sin svaku priču i broj ilustrovao, a gadne šugave i prljave stvari, razbacane svuda oko njih, nije htela više da gleda.

Ako bi samo bacila pogled na njih, na prljavi tepih, ili štrokave čaše na stolu, sa upljuvanim mrvicama hleba, predmeti bi je prosto hipnotisali, nije mogla da im se odupre.

Na primer, moć rasparenih čarapa spadala je u one životne tajne, koje, barem je ona tako verovala, niko nije uspeo da razreši. Kad bi ugledala jednu čarapu, kako leži na podu, kao po komandi, očajnički bi tragala po stanu tražeći joj par. A i prljavi sudovi su se pojavljivali iznenada, bila je sigurna, da su do malopre ležali čisti i obrisani u kuhinjskim ormarićima, visoko, da ona nije mogla da ih dohvati bez merdevina, a merdevine nije koristila skoro dve nedelje. Toliko su joj išli na živce ti sudovi, da je često postavljala zasedu, i utrčavala u kuhinju, ne bi li ih uhvatila na delu, ali ti stvorovi su se pravili neživi i napokretni. A njoj su mast vadili. Ili, mogla je da se zakune, da prethodnog dana nije uključivala mašinu za veš, a kad bi je otvorila, da u nju stavi prljavu odeću, zapahnuo bi je smrad vlažnog i ubuđalog veša. Ipak, najteže od svega padalo joj je kad su joj dolazili gosti, sudovi bi se upetostručavali, deci nije mogla da čita, ni da se igra s njima, postajala je stroga, i iščuđavala se što joj i sin i ćerka piju vodu iz flaše i jedu, noseći hranu po celom stanu...

Zato je odlučila da objavi rat "ženskim" poslovima. Živeo nered! Živela sloboda!

I kad bi se posle dugog dana našla u svom krevetu, otvarala je knjigu, spremala se da čita i uživa u svojoj pameću izvojevanoj slobodi, koja je trajala jednu jedinu rečenicu.

BEBI-SAPUN

Sedimo u voziću, prolazimo kroz debelu hladovinu i izlazimo na Savsko jezero. Mirno je i glatko, prepuno ružičastih oblaka, koji prate zalazak sunca. Ćarlija prijatan vetar i smiruje vreli letnji dan. Gužva je, ima mnogo ljudi, i na svakoj sledećoj stanici voz se puni. Polako, iz žamora se izdvaja, prvo kao boja, a potom kao monotona melodija glas gospođe u godinama. U početku, na taj glas ne obraćam pažnju, samo primećujem kikotanje mladića i devojke koji sede preko puta mene, a onda se glas, sve jači, nadmeće s brektanjem motora.

Da, da, tako vam kažem, bebi sapun nije ono što je nekad bio. To je bio najbolji sapun na svetu, a sad, sad ni ne peni, kao neko drvo. Znate, ja ga kupujem ili u Maksiju ili u Rodiću, i tako puno uštedim. Da, da, i moja ćerka ga je upotrebljavala, mada ona sad koristi Čera di kupru, kako li je samo došla do te kreme, verovatno preko interneta. A meni je baš taj jedan momak došao da popravi internet, pre neki dan, znate neke žice, kablovi valjda, pokidali su se, pa mi nije radio nekoliko dana! Zamislite, molim vas! A što vam je slatka ćerka, i ja sam takva ista devojčica bila. Imala sam istu plavu kosu, mada ne i oči, moje su braon, iako sam ja prirodna plavuša, nastavljala je gospođa bez prekida, ali nisam plavooka! Lepotice mila, kako si samo slatka, da, da.

Prošle godine, tamo u blokovima, na Savi, držao je koncert Zvonko Bogdan, a ja zamalo da izgubim život tog dana. Uđem ja tako u tramvaj, krenem na koncert, ja mnogo volim starogradsku muziku, polako, i kad je trebalo da siđem, spopletem se i padnem, a šofer zatvori vrata i vratima mi stisne nogu. Meni je bilo pozlilo, ne možete ni da zamislite kako me je bolelo, ne pitajte gospođo, videla sam sve zvezde, ali neki dobri ljudi su mi pomogli, izneli su me, i zvali hitnu pomoć. Kad su me lekari pregledali rekli su: naprsnuće. Nosila sam gips dva meseca, a hvala Bogu, nije bio otvoreni prelom. Pitajte me koliko dugo nisam mogla da hodam, a tek koliko dugo nisam mogla da se perem, bilo je strašno!

Da, da, jedva čujno odgovarala je mlada žena, majka već pomenute plavokose devojčice.

Samo nešto ću da vam kažem. Vidite meni je sedamdeset godina, a moja majka je već od četrdeset pete sebe smatrala starom ženom. Ona je već sa četrdeset godina pripremila lepu haljinu, za sahranu, ne, stvarno, verujte mi, gospođo, i spremila je prelepi donji veš, da je obučemo kad umre. Da se zna da će biti lepa kad dođe vreme. I, evo, i ja se sad sa njom slažem, i odlično je razumem. Umrla je sa pedeset sedam godina. To su bile sahrane, a ne ovo danas, sve k'o od bede. A meni moja Milica, moja ćerka, kaže da sam još mlada. Pa dobro, znam ja da dobro izgledam, ali godine su godine. Vidite kako mi je dobar ten, ja se znate mažem svake večeri lojem, neka je sto puta grozno, ali pogledajte mi lice, mlado je kao vaše. Samo vi poslušajte moj savet i mažite se lojem. I prskajte lice nekoliko puta dnevno kiselom vodom, da primi minerale, da ne dehidrira...

Vozić stiže na poslednju stanicu. Starija gospođa odlazi u autobus, mlađoj je laknulo, a ja uz sve ono raskošno letnje predvečerje, zamišljam složenu haljinu u ormanu, drveni bebi-sapun, i duge sate samoće.

MAJČICE MILA

Sad je sve bilo drugačije. Ona je ležala pored mene onako mala, u roze benkici i mirno disala. Bila je tako lepa dok spava. Neverovatno mala, rođena sa samo tri kilograma i trista grama. Ležale smo jedna pored druge na krevetu u našem stanu i ja sam napokon odahnula.

A nije bilo baš lako, kad sam u petom mesecu trudnoće otkrila da sam se inficirala toksoplazmozom pijući presno kozije mleko. Nije mi drago da se setim kako su se moji roditelji rastrčali da mi pomognu, kako je otac pozvao načelnika Infektivne klinike, koji me je umirivao da su mi rezultati još uvek u okvirima negativnih. Kako je rekao poznati primarijus Stošić, da me je parazit samo *okužio*. *Ne postoji garancija da će bilo koja žena roditi zdravo dete*, ponavljao mi je samouvereno. *Svaka trudnoća je rizik, zato mislim da treba da rodite ovo dete.* Nije vredelo nikakvo umirivanje, počela sam noću da sanjam kako idem na abortus u petom mesecu, kako umirem na abortusu gledajući kako mi vade malo, crveno, nedozrelo dete. A ja, užasnuta gledam u svoje dete i izgovaram neke besmislene reči, kao, izvini, dušo mama nije znala. Šta je vredeleo, to malo dete sam ja osudila na smrt svojom nepažnjom, i gledala sam kako ga nose u kantu za đubre. Neeee, nemojte molim vas, jecala bih u snu, koji se toliko puta ponavljao, spasite mi dete, molim vas, doktori... A budila sam se sa srcem koje nikako nije htelo da se umiri, koje je ubrzano lupalo i danju i noću, i od hrane i od gladi. Želela sam to dete, ali želela sam i da bude zdravo. Pitala sam se noćima, koje su bile gluve, utihnule od zime, u kojima se čuo samo vetar kako fijuče, šta ako se rodi slepo ili gluvo ili nemo, bez ruke ili noge. Kad nisam sanjala, zamišljala sam. Ipak bolnički doktor je na osnovu rezultata odučio da mogu da nastavim trudnoću, ionako uvek postoji neki rizik, i on je ponovio reči doktora sa Infektivne klinike. Sve je bilo naizgled u redu, samo mi je pritisak malo porastao, konstatovao je doktor, pa mi je preporučio da se smirim, da mislim na nešto lepo. E sad, kako da se smirim posle onih noćnih mora, bez ikakve garancije da će mi dete biti normalno? Ubrzo sam dobila kontrakcije i počela da ležim po ceo dan. Uzela sam bolovanje i ležala užasnuta ispred televizora koji je goreo noć i dan, i koji nije nikako uspevao da mi odvuče pažnju od pitanja koje sam sama sebi postavljala, šta ako ovo, šta ako ono, i ta pitanja su se umnožavala, utrostručavala, dobijala krila, nule, dok slike nisu počele da lete oko mene. Grizla sam nokte, ali češće sam žvakala badem, zbog gorušice i odvratnog metalnog ukusa u ustima, gledala u svoj rokovnik i svako jutro prežvraljala olovkom još jedan dan na kalendaru. Dan manje. Dan koji je bio tako dug, svaki od njih, dan u kome se jutro činilo kao godina, u kome sam bila gladna blaženosti.

Odlazila sam na mesečne kontrole, sva zadihana i uplašena da će doktor videti nešto neobično i nenormalno. A na ultrazvučnom pregledu je bilo još gore. Kako je trudnoća odmicala tako mi je bilo teže da legnem na leđa. Vrtelo mi se u glavi, crnelo mi se pred očima, a srce mi je sve brže lupalo. Trebalo je izdržati onu tišinu, kad mi je zgodni i mladi doktor klizio sondom po već velikom stomaku, pre nego što bi počeo da govori na latinskom nazive butina, gledao dečiju glavu, oči, brojao prste, *ovo je devojka*, rekao je nasmejan što je pogodio pol deteta, a ja sam se onda setila da su devojčice veći borci od dečaka.

Odlazila sam svakog meseca i u Svetosavsku ulicu, gde su mi vadili krv, da se slučajno ne pojave antitela. Koji sam ja baksuz, razmišljala sam, čak sam i erha negativna. Nulta grupa. Negativna. Antitela se nisu pojavila, nijednom.

Kako su dani prolazili, počela sam da odlazim u prodavnice sa dečijom robom i kupila sam sedamdeset pet tetra pelena, Pavlovićevu pomadu, krevetac za dete, jednu posteljinu, deset benkica, štramplice, najmanje Pampers pelene, čarapice. Roze odelce. Sve stvari sam oprala i ispeglala. Sve je ležalo uredno složeno u ormanu. Orman sam naravno prethodno obrisala.

Jedne večeri telefonirala sam doktoru. *Dođi sutra, rekao je, posle toga ja putujem, neću biti u Beogradu mesec dana. Sutra ću te poroditi.*

Šta sam mogla da kažem? On je bio lekar, a ja srednjoškolka, bez muža. Dečko me je ostavio. Klisnuo čim je saznao da sam trudna. Trudna prodavačica. Nisam imala hrabrosti da doktoru kažem da je tri nedelje pre termina. Ko sam ja da mu to pričam?

Pogledala sam na kalendar. Dani su ostali neprežvrljani.

Pozvala sam majku i zamolila je da dođe. Počela sam da se pripremam za bolnicu. Bilo mi je važno da se pre bolnice izdepiliram dole, da me ne briju zajedničkim brijačem. Da ne zakačim sidu ili hepatitis. Naravno, to sa ovolikim stomakom nisam mogla sama da uradim, zato sam čekala majku.

Počela sam da se pakujem u najlon kesu, rekli su mi da u bolicu ne sme da se unese torba, već samo kesa, spakovala sam panadole, jedan antibiotik, uloške sa mrežicama, četkicu za zube, pastu, spavaćice, gaće nisu dozvoljene, češalj, karmin i ogledalo, dezodorans, zubni konac. Zastala sam nasred sobe, nisam mogla da se setim šta mi još treba. Drhtala sam od straha i oblivao me hladni znoj. Četka za kosu, šampon, balzam. Nekoliko tetra pelena, da ne baksuziram neću poneti ni pomadu ni benkice ni pelene. To će mi doneti majka kad se porodim. Spremila sam majci rezervni ključ od svog stana. Zamoliću je da prespava kod mene desetak dana, ako otac dozvoli.

Šta mi je ostalo, da, samo još nešto za čitanje, olovka, knjiga i neke novine. Novine ću kupiti ujutru, u bolnici. Plazma keks i flaša vode.

Sela sam u fotelju i pogledala u ružnu plavu kesu sa pijace. Trebalo je ojačati tu kesu.

Kad je zazvonila majka, legla sam na krevet i ona me je kremom za depiliranje premazala, i ona je bila uzbudjena, ali me je samo pitala: što se toliko pre termina porađaš? Ponesi još dve tri spavaćice, rekla mi je, trebaće ti.

Zvao me doktor, ne mogu da mu kažem ne, odgovaram joj.

Ona ćuti. Ćutim i ja.

Popile smo čaj od nane i u tišini sedele zajedno. Bio je mrak, dan je prvi put posle toliko vremena odlazio neobično brzo, i ja sam se opraštala od svog stančića, od ispeglanih dečijih stvari, od noći koje sam provodila sama. Zgrčio mi se stomak ali nisam htela da sekiram majku.

Sutradan, u bolnici, sedela sam čekajući doktora da se pojavi. Zamolila sam portire da okrenu njegov lokal, ali on nije bio tu. Sedela sam u čekala. Posle sat vremena on se pojavio. Hajde, prođi kroz prijemno odelenje i vidimo se gore, na spratu. Da li si ponela onu vaginaletu, koju sam ti rekao da kupiš, pitao je. Jesam. Otišao je, obučen u zeleno bolničko odelo.

Ušla sam na prijemno odelenje gde su mi rekli da se skinem. Pitali su me da li mi je ovo prvi porođaj, da li je sve bilo u redu tokom trudnoće, tražili su mi adresu, telefon i neke opšte stvari. To je sve kucala babica na pisaćoj mašini. Rekli su mu da se skinem i legnem. Obukla sam spavaćicu i bila sam bez gaća. Jedva sam uspela da se popnem na ginekološki sto. Došao je neki drugi doktor i govorio da sam otvorena jedan i po prst. Rekao je još nekoliko stvari koje nisam razumela. I te stvari je ona babica otkucala na mašini.

Kad je to bilo gotovo, pustili su me gore, a stvari u kojima sam došla su zadržali i zamolili da neko dođe po njih u toku dana.

Kad sam otišla gore, imala sam osećaj kao da se sve žene spremaju za ulazak u gasnu komoru. Prvi put sam glasno promrmljala *majčice* i osetila da nemam dovoljno vazduha, okrenula se, da me niko ne vidi i popila 5 mg bensedina. Bilo je zabranjeno piti i jesti na dan porođaja. Onda me je babica pozvala da se skinem da bi me isklistirali i obrijali. Sto na koji sam legla bio je potpuno ravan tako da sam se vrlo neprijatno gušila i uspaničeno se pridizala, dok je neopisivo smotana učenica medicinske škole pokušavala dvadesetak minuta da mi u ležećem položaju izmeri pritisak. Nikako nije uspevala, i ja sam postajala nervozna u bilo mi je loše. Ja se gušim rekla sam tiho, da li mogu da sednem.

Ne odgovorila je babica, ona glavna, čini mi se, dok je devojčica i dalje pokušavala da mi izmeri pritisak. Napokon je babica prišla i pomogla ovoj učenici, koja je i sama bila uplašena, i izmerila mi pritisak, 140 sa 100. Povišen pritisak. A sad, ostanite da ležite da vas obrijemo, rekla je oštro babica, i očima dala znak onoj trapavoj devojci da dođe da me brije. Izgleda da sam tog dana bila pravi pokusni kunić. Usprotivila sam se.

Ja sam depilirana, rekla sam.

To nije dovoljno dobro, uzvratila mi je babica, superiorno, kao da je cela bolnica njena. Lezite, izdrala se, jer sam ja sve vreme pokušavala da se pridignem na laktove. Ona učenica je počela onako izbrijanu da me brije. Zajedničkim metalnim brijačem koji je stajao u jodu ili u hidrogenu. Možda dovoljnim da ubije virus side, ali ne i dovoljan da ubije virus hepatitisa Toliko znam, toliko sam naučila.

Ovo je srednji vek, pomislila sam očajna, već prepuštena mislima da živa neću izaći iz ovog koncentracionog logora za žene. Usred Beograda, ni kriva ni dužna što sam se rodila kao žena, i što nemam nekoliko stotina evra da svakoj babici i svakom doktoru gurnem po nešto u džep, i sebe spasem muka. Kad su me tako obrijali, krenulo je klistiranje, ali pošto sam na stolu ležala već dobrih četrdeset minuta meni je toliko nestalo vazduha, prozora nije bilo, grejanje je radilo punom parom, da sam pre klistiranja ustala, i rekla da mi je užasno loše. Tek tad je ona okrutna babica, kojoj je samo bič falio odustala od mene i onu trapavu devojčicu odvela da se vežba na nekoj drugoj ženi.

Da li vam je dobro, pitala me je, onako nemarno, posle petnaestak minuta, i rekla mi, Dođite, ja ću vas isklistirati. Legla sam, i ona je jako brzo završila, i rekla mi, sad ustanite i šetajte, pa opet dođite.

Kad je ova epizoda bila završena, moj lekarski Bog se pojavio i ugurao u mene onu vaginaletu, tako grubo da sam prokrvarila.

Rekao je, počeće ti bolovi za jedno dva-tri sata.

Da li može epidural, pitala sam nesigurno.

Ne, odgovorio je i nestao.

Ostala sam sama, muvajući se po boksu za porađanje, dok su žene oko mene rađale, urlikale i vrištale. Odlazila sam do njih i gledala kako se porađaju, i videla olakšanje na njihovim licima kad su držale dete u naručju, a mnoge su bebama brojale prste na rukama i nogama. Videla sam kako lekari pregledaju posteljicu, kako peru bebe, mere ih, kako im pedijatri slušaju pluća i srce.

Bolovi su mi krenuli tek posle dva tri-sata. Počeli su kao pritisak u donjem delu leđa. Rasli su u talasima i postajali nepodnošljivi. Osećala sam se kao da se u meni rađa neko sazvežđe. Pritisak u stomaku je rastao. Pomislila sam da mi se rastaču bedra. Nisam mogla da ležim, nervozno sam šetala bo boksu. Izgubila sam osećaj za vreme. Mislim da sam tako u bolovima, gotovo luda ne ispuštajući ni zvuka, šetala u malom boksu gore-dole.

Kad se treći put pojavio doktor, rekao mi je, tek si tri prsta otvorena.

I izašao je. Ja sam se previjala od bolova, i tiho govorila majčice mila, mamice moja, mama... Trpela sam, nisam urlikala.

Legla sam na klimavi sto, i više ne mogu da se setim koliko vremena je prošlo, tek kad su lekari ušli, porođaj je već bio počeo. Sve se odigravalo brzo. Guraj, ne sad, sad ne, vikali su, e sad, sad guraj, ne diši sad. Sad opet, hajde, hajde, napni se. Mislim da nisam bila baš najbolja. Ali sam rodila devojčicu. Malu, s perutavom crvenkastom kožom. Doneli su mi je u naručje a ona je otvorila oči, i kao mudra sova me pogledala. Osetila sam mir. To sam čekala mesecima. Ali nisam plakala. Uvek sam patila od zakasnelih reakcija.

Bilo mi je jedino teško da idem u bolnički WC. Bio je prepun krvavih uložaka, govana, krvi je bilo svuda. Bilo je teško i tuširati se u kupatilu, tako štrokavom, u kome je postojala samo jedna zarđala metalna kuka da se okače sve stvari. Ali ja sam rodila devojčicu.

Nije mi više važno šta se posle desilo. Ni da su mi je uzeli i odneli u inkubator. Rekli su ova beba peva, žali se.

A jedna doktorka je rekla: ovo je početak jedne tužne priče, međutim, posle tri dana su mi je vratili. Rekli su mi da je s njom sve u redu, da je zdrava. Da su sve pregledali. Da nije zaražena toksoplazmozom. Da možemo kući.

I tako je moja mama došla po mene. Kupila mi je najlepšu korpu u porodilištu, sa belom čipkom.

Došle smo do mene taksijem.

Mesto televizora noću me budi moja devojčica. Nađa. I iz dana u dan sve je lepša i lepša.

BABA-BELI LUK

Opet sam je jutros srela, u liftu. Pridržala mi je vrata sva pogurena, seda, i sa izrazom mudraca rekla:

Čuvaj dete. Dete ne može da se kupi. Čuvaj dete.

Dok je govorila, stresla sam se od njenog lica, njenih usta bez zuba, a gotovo me onesvestio zadah belog luka, jači nego obično. Zapekle su me oči i okrenula sam glavu u stranu, tobože gledajući u sina. Počela je da mi objašnjava kako da koristim lift, gde da ga pritisnem, najbolje leđima, pokazala mi je, ovako.

Odjednom mi se povraćalo od mirisa, i osetila sam se kao na Strašnom sudu, na kom odgovaram za sve one trenutke koje nisam mogla, zbog neispavanosti i posla, da provedem s detetom.

Samo kad njene reči ne bi imale taj teški onostrani prizvuk, ona bi bila jedna obična mala ružna starica, koja smrdi od ranog jutra. Gledala sam je u njene usađene žive oči, dok je nervozno nameštala maramu, i vezivala je ispod brade, stežući u čvor.

Sledeći put pratila me je dvadesetak minuta do prodavnice, sve vreme pričajući neku priču, koju iako sam htela, nisam mogla baš najbolje da razumem.

Neki čovek je imao dete, govorila je, znaš, koje je, iz nestašluka, polomilo ormar, a taj otac se toliko razbesneo, da je detetu povredio ruku, tako da su lekari detetu morali da je amputiraju. Potom se, navodno, dečakov otac ubio. Svaki put, kad bi došla do tog mesta priče, a tu mi je priču ponovila desetak puta, baba bi značajno namignula i podigla obrve.

Pričala je i priču o muškarcima, koje je često presretala, i pitala ih, unosivši im se u lice, preda mnom, zašto vole da ratuju, piljeći im u oči dugo.

Nevoljno, svaki put kad bih je srela, uvlačila bih se duboko u svoje sumnje, u sebe kao roditelja, iščekujući, ono zlurado:

Čuvaj svoje dete. Dete ne može ničim da se kupi. Sve može da se plati, ali dete ne može.

Znaš, ja ću uskoro pod zemlju, a sad najviše znam o životu, rekla je prkosno i hrabro.

NEVIDLJIVA

Sedim na glavnoj železničkoj stanici, u Kopenhagenu sam, godina je 1998. Zima je, ne osećam prste na nogama. Duvam u promrzle ruke. Gladna sam i premorena. Čekam gradski voz, da me odvede do sobe koju sam iznajmila. Na Konzervatorijumu je bilo lepo, ceo dan sam slikala, a sad, u mraku kao da je sve potonulo na dno ovog sivog, Baltičkog mora. Voz moram da čekam još petnaestak minuta. Voz C plus. Gledam oko sebe i vidim jednog oronulog, užasno mršavog narkomana, prilazi mi i traži novac. Osvrćem se oko sebe, i vidim još ljudi. Ne dajem mu ništa, gledam ga nemo, samo sležem ramenima. Narkomani mi ne bude ni najmanje saosećanje, samo ih se plašim.

Na peronu je kiosk, koji je sad zatvoren, jer je kasno, jedanaest je uveče. Vidi se oblak toplog vazduha koji izlazi iz nosa i usta ljudi. Na klupi sedi jedna debela žena, koja jede. Ne prestaje da žvaće. Lica ljudi su bezizražajna, kao da me okružuju lutke, osećam se kao jedina živa.

Voz napokon dolazi, i ulazim u jedan od vagona, osvetljen neonskim svetlom. Idem do Klampenborga, vožnja traje dvadeset minuta i ja vadim knjigu i pokušavam da čitam, ali u stvari, vodim razgovor na srpskom, sa svojom majkom. Zašto si me pritiskala da odem, postavljam joj pitanja, prateći prizore trepćućih svetiljki kroz prozor, i bez odgovora slušam dobovanje voza... Igraju mi slova pred očima, pa brzo sklanjam knjigu u ranac, da izbegnem neprijatne poglede, zbog ćiriličnih slova. Kasno je, sama sam, i ne želim da privučem pažnju. Stanice se sporo ređaju: Vesterport, Noreport, Osterport, Nordhaun, tamo se vidi more. Tu stanicu volim, i kao da mogu, preko stakla duboko udišem morski vazduh. U vodi je slika mutnog crnog neba, dani su kratki, rano se smrkava, pa more postaje bezdan.

Kao da sam deo bezbojnog bezdana. Ne vidim tragove svojih koraka, moj miris raznosi vetar. Nekad zaboravljam odakle sam došla, ispunjava me praznina koja svakodnevno raste u meni. Samo me povremeno ljute i trzaju iz obamrlosti, iz polusna u kome živim, pitanja vezana za moju zemlju, vesti koje povremeno slušam, ili članci iz novina.

Ne uspevam da zauzmem stav, povlačim se u sebe, duboko, i često ne odgovaram na pitanja. U grudima nosim ljut, oštar bol.

Sledeća stanica je Osterport.

I tamo sam boravila, kod jedne Srpkinje. Nisam joj plaćala, trebalo je da njenog sina učim danski, ali zbog studija slikarstva, nisam mogla da mu posvetim dovoljno pažnje. Kad sam noću ustajala do kupatila, on se drao: izbaci je, mama, šta će nam ona, neću da živi s nama, neću. Ona ga je, svog sina od trinaest godina, uzalud ućutkivala. Tulio je nekoliko noći, dok se meni nije smučilo. Spakovala sam sve stvari koje sam imala, a to je bila jedna mala putna torba, i otišla u najjeftiniji hotel. Sav slikarski materijal, četke, slike, krokiji, grafike, studije, sve mi je na Konzervatorijumu. U mapi i u mom boksu, velikom pregratku.

Hotel se nalazio sasvim blizu Železničke stanice, u Vesterbrogade, a okolo su šetale prostitutke, makroi i Arapi. Soba nije bila skupa, bila je čista, sa ljubičastim cvetno dezeniranim prekrivačem i malom tuš kabinom. Noću sam se smrzavala, terajući od sebe pitanja, koja su neprestano dolazila odasvud iz tame. Čak ni mali televizor svojim zvukom, nije uspeo da odagna moj glas koji se širio po sobi: šta radim ovde, zašto sam tu?

Tako tonem u san, koji biva isprekidan propadanjem, trzam se i budim nekoliko puta. Nelagodno mi je što sam sama. Doručkujem sama, pa idem ujutru pešice na slikanje.

Ipak, ta soba je preskupa, pa odlazim na poziv jednog vajara, Japanca, Maksa, u stan na Osterbro. Lako stižem do Konzervatorijuma, i dišem lakše, za kratko vreme. Vajar je u stvari Danac, dobar je, služi me kafom ujutru uz osmeh, objašnjava mi da je usvojen, da je alergičan na mleko i da lako povraća, ne može da jede picu, a to najviše voli, ima osetljiv želudac. Pije sojino mleko. Vodi me i na pivo, govori mi da sam lepa. Dobro nam je zajedno, ali ne mogu da ostanem duže od mesec dana, navaliće na mene, pa stalno čitam oglase, i odlazim na razgovore. To mi oduzima vreme za slikanje, jer je u Kopenhagenu teško naći sobu. Napokon nailazim na mladića koji mi izdaje sobu u blizini vajara. On je student ekonomije i ne sviđa mi se, ali nemam izbora, pristajem. Plaćam mu depozit unapred. Ostajem sa jako malo para. Istrošila sam gotovo celu stipendiju.

Stvari među nama ne idu dobro od prvog dana, ljuti se što sam koristila njegov elekrtični bokal, i ja samo sležem ramenima, izvinjavam se. Sedim na svojoj torbi, u toj novoj sobi, okrečenoj u žuto i malo mi je loše. Ne znam kako da pobegnem. Mladiću sam dala depozit tri meseca unapred. Ako odem, moram da pozajmim pare. Ako pozajmim od Maksa, on će nešto očekivati od mene, mada možda i ne bi bilo loše da spavam s Japancem, da isprobam muškaraca koji ne smrdi na znoj, bar tako kažu, muškarca za zlatnom kožom.

Prolazi neko vreme. Noću, spavam uplašena sa stolicom naslonjenom na vrata moje sobe. Iznurena sam u klasi i boli me glava. Od danskog vetra, od nespavanja, od mraka. Decembar je i ceo grad je ukrašen, svi kupuju poklone, svi odlaze kod svojih porodica na Božić. Ali ne i ja, ja samo pretražujem oglase. Ne sviđa mi se ovaj mladić kod koga živim, agresivan je, ne da mi da okačim kaput na njegov čiviluk, zamera mi svašta. Ćutim, izvinjavam mu se, ali krišom tražim stan. Prolaze tri nedelje i ja nalazim novu sobu. Daleko je, van centra Kopenhagena, u otmenom kraju gde žive bogati Danci, gde leti odlaze na plaže da se kupaju. Oglas pronalazim na Konzervatorijumu, malo je skupa soba, ali ima u kući sve, i mašina za veš, čak i klavir. Mogla bih možda da se podsetim nekog nokturna. Posle večernjeg akta, zaključavam svoj materijal u boks i odlazim na Železničku stanicu. Hovedbanegarden. Oko mene narkomani, i opet ona bezbojna lica. Hladno je. Uzimam voz za Klampenborg. Stižem tamo u devet uveče. Od stanice do kuće ima da se šeta dobrih dvadeset minuta. Užasno je hladno, nemam kapu. Stižem kod Anete. Dočekuje me s osmehom. Lepa je i deluje prijatno, sviđa mi se. Ima oko pedeset godina i dve ćerke jedva starije od mene. Jedva čeka da vidi moje slike, crteže, bilo šta. Nudi me kafom, pijem je, sa njom iz lepih plavobelih plitkih šolja, tu dansku filter kafu, koju ne volim, ali važnije je s kim piješ nego šta piješ. U momentu odlučujem da se odselim od onog manijaka i znam da me s njim očekuje neprijatna scena.

Saopštavam joj da ću se useliti što pre. Sutra, ako može, kažem joj, a ona klima glavom i smeši se. Mislim da sam se i ja njoj dopala. Jedino što pričamo pola na danskom pola na engleskom, ni to joj ne smeta. Kaže mi da mogu da jedem njenu hranu, ako može i ona da se posluži sa onim što ja napravim. Naravno, kažem joj uz osmeh, oduševljena njenim ambijentom i prelepim pačvork prekrivačima na krevetima, divnim braonkastim jastucima, razbacanim po bež trosedu. U kaminu pucketa vatra, ona je džara dugim metalnim štapom. Pozdravljam je i odlazim u hladnu noć. Nazad na Osterbro.

Sutradan imam da obavim neprijatan razgovor s mladićem. Besan je i pominje mi čak i pištolj, ako mogu dobro da razumem njegov danski, sad kad je besan, čak mi saopštava da je pokušao da ubije svog oca. On meni preti, mislim i naježim se na trenutak, ali sam već toliko toga proživela, već toliko dugo sam sama, da ostajem sasvim prisebna.

Zašto odlaziš, *Hvorfor?*, pita me.

U prvom trenutku ćutim. Ne mogu da mu kažem da ga se plašim, da mislim da je agresivan i nenormalan, da je bio neprijatan prema meni, da mi nije dao da skuvam čaj iz njegovog bokala, dok nisam bila raspakovala svoj, da mi je bacio na pod jaknu koju sam obesila na njegov čiviluk.

Gledam ga u izbuljene oči, i probranim glasom mu kažem, da se selim kod jedne slikarke, i da će mi biti skoro besplatno. Sve same laži. Lažem ga bezočno i to mi se sviđa. On je to zaslužio.

Govori mi da ja ne znam koliko mu je bilo naporno da organizuje razgovore oko sobe, i pita me zašto mu nisam rekla na vreme da mi soba ne odgovara. Mogao je da izabere nekog drugog.

Izvini, kažem mu, *Undskyld*. Zato ti ostavljam sav novac.

Nego šta nego mi ostavljaš, kaše i nasmeje se. Da ne misliš da bih ti možda vratio?

Ustajem, i srećna sam. Više nemam novac, ali pozajmila sam od Maksa.

Kupim torbu i uzimam autobus do Noreporta. Tamo presedam na voz. Kod Anete stižem kasno.

Te noći useljavam se kod Anete, u Klampenborg, ona me služi čajem i govori prijatnim glasom, ali ja sam već tako umorna od prećutkivanja, od selidbi, od besmisla. Vadim iz svoje male putne torbe par dragocenosti, fotografije majke, oca i brata, majčina pisma i pisma mladića kog sam najviše volela. Koga sam ostavila. Širim miris svoje kuće oko sebe, tamo na severu, u Danskoj, blizu obale Baltičkog mora. Kad zažmurim, vidim rozikasto drapkasti papirni abažur stare, polomljene lampe, koji je bajcom islikala majka, i to svetlo koje prolazi kroz roze papir je čarobno, toplo i prisno. Vidim i sliku terase konaka manastira Prohor Pčinjski, trošni drveni pod, sav istruleo, pun rupa, gde s terase vidik uleće u nežno zelenu šumu.

Svenemolen, Helerup, Šarlotenlund, pretposlednja stanica, gde žive bogataši, i Klampenborg.

Izlazim, i dugo hodam do Anetine kuće. Ona je slatka, i lepo mi je kod nje, ali pazim. Ipak sam podstanar. Kod nje je sve tako divno, ona ima ogroman stakleni radni sto sa kompjuterom sa ravnim ekranom i korpu voća na stolu. Unutra je uvek puno tačkastih prezrelih banana, ona takve banane najviše voli. Poklanjam joj svoj kroki, sviđa joj se. Čak ga i uramljuje. Na zidovima su slike, u policama su knjige, a u dnevnoj sobi je kamin. Nisam nikad živela u lepšem prostoru, čak joj i sapuni stoje u školjkama, i ona mi je prijatljica, ali je moju četkicu za zube sklonila sa lavaboa, da je ne gleda, gore, na ram od prozora. Pazim da ne pokvarim njen način življenja, odlazim rano u klasu, na vajanje, na mozaik, na predavanja, dolazim kasno, ali ne mogu da pobegnem od pozdravljanja uveče.

God nat, god nat, og sov godt, ponavljamo jedna drugoj kao ispranog mozga, laku noć, laku noć i spavaj dobro, šapućem. Prevodim na srpski.

Uvek sam mrzela da govorim laku noć. Bespotrebno je.

Ušunjavam se na prstima u stan, i izuvam se, jer je to običaj u celoj Skandinaviji, skidam kaput, ulazim u sobu, skidam odeću. Odlazim da se istuširam, skidam šminku, perem zube i pažljivo, da se ne vide, sve svoje stvari, vraćam na prozor. Vlažni peškir i prljav veš nosim sa sobom.

Naročito se trudim da budem beščujna, vežbam se u nevidljivosti, dugo.

Ležem na krevet u tišini, uz prigušeno svetlo. Hoću da mislim na nešto lepo, zamišljam nežan poljubac s mladićem koga sam davno volela ili još bolje njegov zagrljaj koji sam već odavno zaboravila, zagrljaj koji postoji samo u mom snu, nedostižno mek, isceljujući. Ali umesto toga vidim sebe, kako u prethodno iznajmljenoj sobi, držim stolicu na vratima, i teram te misli od sebe, kao muve, kao komarce.

Ponekad pozovem majku, slušam šta mi govori, ne, nemoj da se vraćaš, ovde je strašno, govori mi, bombardovaće nas, sigurna sam, ti i ne znaš u šta se vraćaš.

I ne znam. Ćutim oborene glave i osećam mučninu.

U tunelu se ugasilo svetlo, bez očiju, lutam, kao u snu o slepilu. Više ništa ne vidim, oko mene je mrak.

DOBRA DEVOJKA

Bila je prošla ponoć. Ležala je pored svog muža u krevetu nervozna. Ustala je do frižidera i uzela šolju jogurta. Onda je upalila televizor. Nije mogla da nađe nijedan dobar film. Nije joj se čitalo jer je bilo uživanje biti u mraku, tama ju je smirivala, nije bilo spiskova za nabavku, rokovnika, telefonskih razgovora. Sa ulice je dopirao žamor i muzika. Bila je to prava letnja noć. Poželela je da tako u plavosivoj spavaćici i gladna ustane, stavi karmin na usne i izađe da udahne divan svež vazduh. Da vidi uzbuđene mlade ljude koji žude za dodirom.

Vratila se u spavaću sobu i sela na krevet. Gledala je svog visokog, proćelavog muža kako spava. Uvek je mirno spavao. Posmatrala mu je šake kako se trzaju. Bili su tako dugo zajedno. Možda petnaest godina, možda sedamnaest, više ni sama nije znala koliko. I stalno joj se spavalo kad je hteo da vodi ljubav s njom. Gadio joj se, to je bilo najiskrenije što je mogla sebi da prizna. Nije volela njegov dugi povijeni vrat i tamne čkiljave oči, volela ga je kao brata. A sa bratom se ne ide u krevet. To nikako. Kad bi samo mogla da ga ostavi, bilo bi joj sigurno lakše. Mogla bi uveče da diše bez straha da će se on probuditi i da će je poželeti. Kome je mogla to da kaže? Svi bi gledali na nju kao na bludnicu. On je tako dobar, ponavljali su joj roditelji, naročito majka, krupna plava žena, dobrodušnog lica. A i sve njene neudate prijateljice su joj zavidele.

Samo je ona znala da prepozna bol u želucu koji joj se javljao svako posle podne kad joj se muž vraćao s posla, iz banke. Prvo bi ušao i rekao joj, kako si ljubavi, a onda bi ga ona na silu poljubila, i rekla mu da je skuvala brokole sa integralnim pirinčem i ribu. Divno rekao bi on, i pomirisao, kao da barene brokole imaju neki poseban miris. Ili bareni prokelj, koji je posebno volela, jer joj se od njega nadimao stomak, pa je imala uzgovor što je ćutljiva i neraspoložena. Nije morala da objašnjava. Mrzela je da kuva, iz dna duše. Onda bi mu ona uz osmeh postavila sto i sela preko puta njega da ga pita kako je bilo na poslu, dok bi on žvakao i mljackao sve što je ona napravila, iako je to bilo neopisivo bljutavo. Još bi uz to i mumlao mmm, mmmm, kako je ukusno, govorio bi za neslani integralni pirinač. Jadnik, on ju je stvarno voleo, i ona je zbog toga sa njim ostala sve te godine. Bili su u braku već pet godina. A dva-tri puta godišnje morala je da izdrži da on legne na nju i da se pretvara da joj je lepo, nekad bi čak i stenjala, ali obično bi se smešila. On bi ulazio i izlazio i njoj se gadio njegov ljubičasti žilavi ud i njegove retke crne dlake na grudima i miris iz njegovih usta. Sve vreme mislila je, hajde završi što pre, svrši već jednom, hoću da se operem i da čitam, samo da me ne jašeš više. Zato se i trudila da odglumi da joj je lepo, kako bi njenom mužu bilo uzbudljivije, kako bi se sve završilo što pre. A oblivao ju je hladan znoj, osećala se silovanom. Često joj se i povraćalo, ali ne, terala je sebe, izdrži, bolje ovako, nego mučan i dug razgovor. A posle seksa, kad je on hteo da je zagrli i kad je hteo da leže jedno uz drugo, ona bi navrat-nanos uzimala svoje stvari, donji veš i odlazila u kupatilo, da opere njegov odvratni miris sa sebe, da stavi dezodorans. Da ga isprska svuda po sebi. Da opere zube od ukusa njegove pljuvačke. Da bude opet svoja. Obično bi i on brzo za njom došao, da bi skinuo kondom, i gledao bi je golu, govoreći joj kako je lepa, i kako je srećan što ima takvu ženu, a ona to nije mogla da sluša.

Sada, u ovoj mirnoj noći, oterala je te slike od sebe, slike koje su se ponavljale, tu, u centru grada, u ulici Zmaja od Noćaja na petom spratu, stresla se od njih.

Otišla je do frižidera i uzela čašu koka-kole. Baš me briga za celulit, rekla je tiho, da se muž ne bi probudio. Onda je otišla u kupatilo i počela da zagleda svoje lice, da pronalazi mitisere, koje bi cedila tako snažno, da je posle pola sata njeno celo lice bilo crveno i podnadulo od otoka.

Izašla je na prozor s licem koje je bridelo i videla devojku i mladića kako zagrljeni izlaze iz kafića. Zar više nikada neću osetiti uzbuđenje, pomislila je razdrljivši spavaćicu kako bi na vratu i grudima osetila svež vazduh.

Kako da ga ostavim? Toliko je dobar. Da li je đavo ušao u mene, pitala se tiho gledajući u zvezde koje su nemo treptale, namigivale. Ne razumem vas, govorila je, recite mi, šta da radim, zvezdice drage?

Čula je šum iz spavaće sobe i prestravila se da joj se muž probudio. Ostala je tiha, skoro da nije ni disala, slušala je kako se on meškolji. Samo se okrenuo u krevetu.

Šta će sutra, pitala se. Da opere dve mašine veša, da skuva ručak, ode na pijacu, možda kupi sebi neku majicu usput. Pročita jedan red knjige sto puta, brojeći minute do njegovog povratka.

Kuda da ide? Kod majke? Kod prijateljice? Stan je bio njegov. Ali šta će mu reći, šta? Ja sam đubre, po svim hrišćanskim kriterijumima i zbog tebe sam ostavila ljubav svog života, i ne želim da ti kuvam ove bljutarije i ne želim tvoj miris, divan si, ali, ja ne mogu. Ne mogu više. Usred noći u svojoj tridesetoj godini, gledala je u nebo. Nebo je bilo nemo, Bog je bio nem i bez milosti. Sutra je bio četvrtak, spakovaće malu torbu, i otići kod mame. Napisaće mu pismo. Ostaviće ga na staklenom stolu, koji je ona birala, pored ručka, u urednoj kući sa njegovim opeglanim stvarima, na krem fotelji.

Što nećeš da imamo dete, odjekivao joj je njegov glas u glavi, bilo bi tako lepo.

Spakovaće samo stvari koje je ona sama kupila dok je još radila, šminku, knjige će neknadno uzeti, uzdahnula je duboko. Postajalo je hladno i morala je da se ogrne frotirskim prekrivačem. Da li ću uspeti, pitala se, po ko zna koji put, dok je odlazila do ormarića s lekovima po bensedin.

PROZOR

Tog majskog jutra, Ivana je duboko udahnula vazduh, pre nego što je krenula na posao. Ustala je rano, negde pre šest i skuvala sebi kafu. Otišla je pravo pod tuš, bez buke, da ne bi probudila majku. Dok je peškirom sušila kosu i pila kafu, zalivala je cveće na terasi. Nahranila je ribice. Sela je i doručkovala, dok je majka još spavala. Tako je izbegla jutarnji susret s majkom, njenu preteranu zabrinutost za njen izgled, njenu mršavost, neurednu garderobu. Sedela je kratko vreme u kuhinji, i zamislila majku kako izlazi iz sobe, ogrće oko sebe stari, na nekim mestima istanjeni, plavi plišani ogrtač. Vidi je kako, na staroj dasci seče hleb, maže ga puterom, stavlja sir u hleb, pakuje sve u salvetu, pruža joj sendvič starim, naboranim rukama. Vidi te ruke sa krupnim noktima, i vidnim, ispupčenim žilama. Kad su postale takve? Kao da su i njeno sopstveno telo, a i majčino, s tim ostarelim rukama, punim nabreklih vena, živele odvojen život od njih samih. A ti novi životi, iskontrolisani, kao na daljinski upravljač, nisu mogli da se stave u bilo kakvu vezu sa njihovim pređašnjim radostima, osmesima, sa prošlošću. Nigde, ama baš nigde nije bilo ni najmanje spone. Negde su se ona stara bivstvovanja prekinula, i oni su kao mrtvaci, živeli s omlitavelim telima, otromboljenim usnama, žvakali su, spavali su, a sećanja su im bila posve izbrisana. Do posla, trebalo je promeniti dva prevoza. Neće stići na vreme. A možda i hoće. Sunce je već peklo. U autobusu je bilo oko pedeset stepeni. Kapljice znoja su joj se slivale niz zadnjicu i butine. Dobro se oznojila, vrtelo joj se u glavi od toplote. Teško je hvatala vazduh i loše podnosila autobus. Ljudi su zaudarali na znoj. Jedna debeljuškasta visoka devojčica, otužno je smrdela.

Kad je postalo nesnošljivo vrelo i zagušljivo, otvorila je prozor, na šta su se ljudi iza nje uskomešali: "Promaja je, zatvaraj, čuješ li promaja je!" Nije zatvorila. Na nju se naslonio jedan snažan starac, i opsovavši je, zatvorio je prozor.

Opet je imala osećaj da se ovaj dan, već beskonačno mnogo puta ponovio, i da je ona njegov zarobljenik. Želela je da unese neku minimalnu promenu u ovu autobusku scenu. Nisu li ova lica, lica ljudi koje je već hiljadu puta videla, zar ih ne viđa svaki dan?

Kad je stigla u školu, profesorska soba bila je prijatna i hladna, sela je i čekala početak časova. Za pravo čudo stigla je pre vremena. Nikog nije bilo unutra, čak su i spremačice, bile gore i čistile školu. Iz zbornice, koja je bila u podrumu, videla se kroz prozore ulica, u drvoredu kestenova. Gusto zelenilo je ulazilo u mračnu sobu. To je bilo baš ono što ju je na trenutak učinilo spokojnom. Kako je samo želela da to spokojstvo potraje. Odjednom joj se taj dan učinio lakim, čak i lepim. Kako bi volela da ne progovori celo jutro. Otvorila je školski dnevnik, ali je samo posmatrala noge prolaznika, neki su žurili, a neki su dokono šetkali. Drugi su šetali svoje pse, koji su vršili nuždu na pločniku. Njoj to nije smetalo, ali je pažljivo zagledala da li je vlasnicima tih pasa smetalo? Izgledalo je da ih je baš briga.

"Dobar dan, kako ste?", pitao je proćelavi kolega, s vilicom kao u buldoga.

"Hvala, dobro sam", odgovorila je, zgrabila svoj dnevnik i izašla. Škola se polako punila đacima i profesorima.

Nije znala kako da izbegne te rečenice danas, kako da preskoči razgovore o vremenu i zdravlju. Kome je stvarno stalo da zna kako se ona oseća? Možda je s vremena na vreme i nju interesovalo kako se neki kolega oseća, ali ne uvek, ne svaki dan.

Dok se pela ka svojoj učionici naručila je kafu od tetkice, sa dve-tri reči. Pela se gore oborenog pogleda. Pravila je pauzu na svakom spratu, sporo se pela, hvatala je vazduh teško. Kroz osunčane prozore blještalo je sunce, zaslepljivalo je i donosilo sparan, težak dan. Grčila je usne u osmeh, i tiho mumlala "Dobar dan, zdravo." Ušla je u učionicu, koja je bila mala i uzana, sa visokim prozorom. Ta soba je, u nedostatku prostora u školi, izgrađena tako što je preuređen veliki nužnik. Svaki put kad bi neko vršio nuždu i puštao vodu, imala je osećaj da klozetska šolja sasvim blizu, tu pored nje, u učionici. Novi zid bio je suviše tanak, tako da je svaki put mogla da čuje mlaz mokraće. Popela se na klupu i otvorila prozor.

Stala je pred usko i dugačko ogledalo, i pogledala se. Bila je jako mršava. Imala je kratku crnu prosedu kosu, kariranu košulju s kratkim rukavima i farmerice. Uvek je ličila na muškarca, a kako su godine prolazile, sve više. Koliko godina je radila u ovoj školi? Pet ili deset? Da li joj je uvek bilo ovako mrsko? Nije mogla da se seti. Prošlost je, sva zamagljena, nedostižno oticala, bežala od nje. Neki mali tragovi ili zvuci, mirisi iz daljina, pristizali su, kao parčići davno sanjanog sna. Daleki i neprepoznatljivi, kao tuđi, da se od toga ježila. Gde je ona nestala, u koga se pretvorila, nije smela da misli.

Pogledala je na ručni sat, prvi učenik je zakasnio već dvadeset minuta, izgledalo je da neće ni doći. Šta će uopšte moći da ih nauči danas, da li će ih učiti kako da zavole violinu, muziku? Da li će im pomoći da ne postanu osobenjaci, kao što je ona postala? Da li će i njima biti mrsko da razgovaraju s ljudima? Da li će i oni radije lutati i voditi život koji drži na okupu tek nežna paučina?

Kad bi ovo bio sudnji dan, mogla bi smrti da pogleda u oči, možda se ne bi utrnjala, možda bi stoički podnela roptanje i krkljanje. Zamišljala je kako joj se na oči navlači mrak.

Kad bi se bar okuražila da se zaljubi. Nikog nije bilo na pomolu, niko joj se nije dopadao. Svaki pokušaj zaljubljivanja, završio se njenom usplahirenošću, gubljenjem mira, onda razočarenjem. U svakoj ljubavi se plašila da otkrije koliko je muškarac u koga se zaljubila, daleko od njenih projekcija, bolno je otkrivala surovost životne romantike. Bilo je sve teže zadovoljiti sopstvene snove, svi su je ostavljali. Nije mogla sebi da dopusti da se izgubi više od ovog, toliko je već bila izgubljena, i nesrećna. Kad bi se ipak zaljubila, možda bi postala srećnija, možda ne bi ovako plutala dezorijentisana, danima i noćima, vođena nekim komandama, kao hipnotisana, u životu koji nije birala, na poslu koji nije volela?

Kad je prva učenica stigla, Ivana je sedela zgrčena u stolici, stiskala je držače na staroj, skajem prevučenoj stolici, zarivala je kratke nokte u držače, dok je mala škripala po violini. Nasloni su bili mokri, bilo joj je muka od ovog posla, od ovog beskrajnog škripanja. Nije više mogla to sa sluša. Poželela je da ustane i izađe, ionako su svi želeli da dobije otkaz. Šta da kaže? Čekala je da sve prođe, napeta nije slušala šta devojčica svira, bilo je strašno tolike godine slušati to cviljenje, cijukanje, nesigurne slabe poteze...

Završila je čas, došlo je sledeće dete, ustajala je nekoliko puta, nameštala učenici ruku, bilo je stvarno falš, sve je bilo pogrešno, i držanje gudala, i leva ruka i pozicije. Imala je osećaj, kao da nikome nije održala ni jedan jedini čas violine, niti ona niti iko drugi. Na poslednjem času tog dana, malom sedmogodišnjem dečaku je rekla: "Ako ne budeš uvežbao za sledeći čas, dobićeš keca". To je zvučalo baš neubedljivo, pa joj se dečak nasmejao, u neverici. "Hajde još jednom, ponovi sve iz početka, da li čuješ to? Više, više, više, niže, niže, niže. Da li ti to čuješ uopšte ? Da li čuješ kad je visoko, a kad nisko? Pa, ako čuješ, zašto ne pomeriš ruku?"

Dete bez sluha ju je posmatralo, klimalo glavom i nije razumelo ništa.

Nikada nije vikala na decu, ali i to je izgleda bila greška, svi su krivo držali gudala, s laktovima preblizu stomaka, s ukočenim levim šakama na vratu violine. Pustila ih je da se snalaze, kako znaju. Sad, pred kraj školske godine više nije imalo smisla počinjati iz početka. I sledeća godina će biti ista. Deca će se razboljevati, ići kod tetaka na slavu, pohađati časove tenisa, ići na kurseve engleskog, u baletsku školu. Opet će svi biti preopterećeni, i niko neće hteti da uči da svira. Niko neće vežbati. Vežbaće ona s njima, nameštaće im prste, štimovaće im violine, mazaće njihova gudala kalafonijumom...

Još dugo je sama sedela, zagledana u gole zidove male sobe, i u visoki prozor, ispred kestenovog drveta. Dugo je sama sedela, upisivala u dnevnik izostanke i program pređen tog dana. Kad je pogledala na sat, bilo je dva, znači, izdržala je.

Zaključala je note u svoj ormarić, vratila dnevnik na policu i izašla napolje.

Dan je bio vreo, osetila je drhtavicu i glad. Uz to bila je i žedna. Ušla je u prvu prodavnicu, kupila vodu i kiflu, počela da jede i pije. Prebrojala je novac u svom novčaniku, bilo je tu trista pedeset dinara. Malaksala, zaustavila je prvi taksi i krenula kući.

PLAVA KRPA

Viđam je skoro svaki dan, malu i neuglednu, dok stoji na svojoj maloj terasi, i radi sistematski, lepo, temeljno. Trebalo mi je nekoliko meseci da shvatim njenu rutinu. Prvi put kad sam je ugledala, nisam mogla da otkrijem da li je ona dete, žena ili starica, jer su joj glava i ramena jedva provirivali sa terase, dok je revnosno tresla veš, gledajući uplašeno dole na ulicu. Njena velika glava i kratka neuredna crna kosa, podsetili su me na dete koje je kažnjeno da trese veš, satima, i po hladnom vremenu i po vrućini. Vremenom sam shvatila da ona nije dete, nego niska žena od pedesetak godina, koja sama sebi zadaje veliki domaći zadatak.

Gledajući je mesecima, ponekad i posramljeno, jer nisam tako vredna, pomislila sam da joj je rublje mirišljavo, posteljina sveža, išibana vetrom ili osunčana, sigurno uredno složena pre peglanja, a najverovatnije i opeglana i složena kao pod konac u orman.

Postala sam voajer, i kad god bih sela za sto gledala bih je, može se reći da sam postala opsednuta njome, i nikako nisam shvatala šta to ona radi satima, sama na terasi...

Na žici visi bordo košulja, ona prilazi sa plavom krpom, i trese je, trese, dugo, sve dok ne istrese sve grinje, bakterije, i ko zna šta još, zatim brzo gleda dole, na ulicu, verovatno iz straha da joj neko ne prigovori, pa onda uredno složi tu krpu. Onda pipne košulju, pa onda opet istrese onu istu plavu krpu, pogleda dole, složi krpu, pa opet pipa košulju, majku mu, verovatno nije suva, pa trese, drma onu krpu, dugo, gleda dole, ima li koga da se buni, slaže krpu, i tako unedogled...

Sledeći put, trese belu jastučnicu, a pipka jorganski beli čaršav, da li je suv, baca pogled naniže, na ulaz zgrade u kojoj živi, pa nastavlja sa svojim do tančina savršenim ritualom.

Danas je nema, dala je sebi oduška, i mirno se odmara, diveći se svom provetrenom vešu.

INTELIGENCIJA

Nju ne srećem često. To je jedna fina Beograđanka, uvek doterana, starinski obučena, u cvetnoj haljini, šivenoj sedamdesetih, očešljana u punđu, sa natapiranom kosom iznad čela. Vitka, izboranog lica deluje kao stroga starija dama, spremna da posavetuje svakoga.

Slučaj je hteo da tog prolećnog dana budem napolju, na lepom vremenu, sa svojim tek prohodalim detetom. Trudila sam se da ne mislim na to koliko mi je teško da pogrbljeno trčim za njim po travnjaku ispred zgrade, s bolom u leđima. Trčala sam za njim kao Kvazimodo i često gledala na sat. Dečačić je neumorno trčkarao okolo, nesiguran na svojim nogama, padao je svaki čas... I tada se ona pojavila...

Kakvo slatko detešce, uskliknula je, kako je samo napredno, i rumeno. Divno dete. Eh, gospođo, to su bila vremena, kad sam ja bila mlada, i ja sam odgajila kćerku, čak je i fakultet završila, zamislite kako je pametna! Da, da, završila je fakultet, to sam Vam rekla, ali odaću Vam tajnu, to je sve zbog profesora Pavlovića! On je, znate, meni kazao da, ako hoću da moje dete bude pametno, uspešno i zdravo, da joj svakog dana od šestog meseca pa nadalje pravim sok od limuna, šargarepe, pomorandže i jabuke. I tako sam ja svaki dan, nije mi bilo teško, odmah sam ja videla koliko je profesor Pavlović pametan, pravila sok. Nije joj se baš odmah dopao, ali mic po mic i navikla se. Tako je retko bila bolesna! I napredna je bila, lepo mi je rekao profesor Pavlović, dajte joj samo sok, i ne brinite, biće i pametna i zdrava. I moja kći je došla do fakulteta! Završila je, naravno. Znate kako je samo ona pametna, završila je prava!!! A da nije bilo tog soka, u stvari profesora Pavlovića, ko zna da li bi tako uspela u životu! Čak i govori engleski! Zato Vam najdobronamernije savetujem, da ako želite da i Vaše dete završi fakultet, da mu obavezno svakodnevno dajete ovaj sok. Sad ću Vam reći kako se tačno pravi: uzmete dva limuna, jednu pomorandžu, jednu jabuku i dve šargarepe, sve to zašećerite i date detetu da popije! Garantovan recept za inteligenciju! Ako neće da pije u početku, samo mu zapušite nosić!

VRATA

Tog dana kad je njena majka odlučila da promeni bravu na ulaznim vratima, devojčica je znala da dugo neće videti oca. Tako dakle izgleda razvod, pomislila je onako bebasta i nezrela i setila se svog sna o smaku sveta u kome je nebo bilo ružičaste boje, kao da se svom svojom lepotom oprašta od postojanja, i vetra koji je zloslutno dizao pesak po novoizgrađenim Novobeogradskim blokovima i nanosio joj ga u oči. Samo što nije počelo, sad će Sunce da se uveća i proždere planetu Zemlju, mislila je sa strahom u snu i počela da oseća kako se vazduh pregreva. Takav isti osećaj imala je i kad je majka pozvala majstora da joj promeni bravu. Otac nije navraćao u stan već nekoliko dana. A pre toga je bio tu i noćima je udarao čašom o sto, spominjao svoju majku, dosijea, ili klečao pred majčinim kolenima preklinjući je da mu da decu. Devojčica je to slušala iz noći u noć, svaki put kad bi otac bio kod kuće. Bilo je to na samom kraju njene osnovne škole.

Pola godine pre toga, oni su se uselili u novi stan. To je bio stan na desetom spratu, sa pogledom na ceo Beograd i na Savu. Devojčica i njen brat, koji je nekoliko godina mlađi od nje, pomagali su majci. Zajedno su krečili stan, a onda iznemogli, padali na pod, umorni. Ljuštili su tapete, tamnozelene sintetičke i dečije šarene tapete, a ispod noktiju su im bili papiri i prašina. Onda su pešice, iz starog stana dovlačili stvari: cveće, knjige, peškire. Malo-pomalo, stan je bio okrečen, doduše ne baš genijalno, ali postao je svetao, čist i beo. Otac je, neraspoložen, uzeo srednju, malu sobu za sebe, i devojčica je zaljubljeno gledala u srednjovekovni normandijski zamak na posteru, koji je otac bio okačio iznad svog radnog stola. Bio je to sivkasti zamak s crnim kupastim krovovima, okružen listopadnom šumom, skoro bez prozora, kako je i bio običaj da se zida ranije. Mogla je satima da gleda u taj zamak.

Iz starog stana su preneli i majčinu omiljenu žućkasto-roze ružu, koja se brzo osušila. Kad je uveče ležala u krevetu, devojčica se često pitala, šta li će joj se sve dogoditi u ovom novom stanu. Tonula je u san, uplašena.

Otac joj je, kad je bio tu, pričao o nekim dosijeima koje će videti kad bude napunila osamnaest godina. A majka joj je govorila da stvari nestaju iz kuće, i da će morati da promeni bravu. Majka je često plakala, a bratu je bilo svejedno. On ionako nikad ništa nije pričao. Samo je ćutao i sa drugovima obijao kutije sa sladoledom i skidao ukrase sa automobila. Ispod kreveta je čuvao desetak znakova Mercedesa. Čim bi legli u zajedničku sobu, on bi zaspao, a ona bi satima ostajala budna i slušala oca koji je govorio da će da ide da se obesi i plašila se, jer nije želela da se to dogodi. Zamišljala je očevu sahranu, kako mu u grob spušta beli ljiljan, jer to je bilo njeno omiljeno cveće, i kako na grudima drži knjigu o Botičeliju, s njegovom posvetom, i kako joj je u torbi onaj bordo rokovnik, koji joj je otac ostavio sa svojom fotografijom za pasoš. Zar je to sve što će mi ostati od tebe, tatice, šaputala je noću?

Preko dana je odlazila kod svoje najbolje drugarice Tamare, i često je ručala u njenoj kući, koja je malo mirisala na znoj, gusti čorbasti pasulj sa šargarepom, a kad je ostajala nasamo s drugaricom, odlazile su u kupatilo i isprobavale skupocene maske za lice njene majke, pa onako smešne, kao što to četrnaestogodišnjakinje mogu da budu, cerekale su se do u beskraj i ležale na Tamarinom krevetu, sa tirkiznom maskom na licima, koja se skidala kao žvakaća guma. Tamarina soba je na zidu imala fototapet sa jesenjim pejzažem, sa brezinim drvetom, prepunim zlatnog lišća, koje je padalo i padalo.

A kad nije bila kod Tamare, bila je u školi, sedela je na časovima i nije čula ni reč, samo je zamišljala sebe kao orla, usamljenog orla koji svojim širokim krilima preleće šume i gradove. Sa Tamarom je često išla kod tetke i njih dve su joj dosađivale, moleći je da im gleda u karte, u šolju, jer, iako to nisu bile priznale jedna drugoj, obe devojčice bile su zaljubljene u istog dečaka, koji je, doduše već imao drugu devojčicu, sa kojom se ljubio u usta pred svima. Onda je ona crvenela i bilo joj je neprijatno. Pomislila je kako nikada ne bi mogla da se ljubi pred tatom u usta s nekim dečkom, nikada, baš nikada. Jedne večeri, skinula se u šorts i pitala tatu:

"Da li sam debela?"

"Pa, ako baš hoćeš da znaš, jesi", rekao je. "Mogla bi malo manje da jedeš".

Tad je saznala da je debela. Bila je tužna zbog toga, htela je pesnicama da izudara svoje telo, i svoje ružno lice sa širokim nosem, i setila se kako joj je jedna devojčica u školi rekla da liči na Kunta-Kintea. Počela je da mrzi sebe, i da krišom, kad niko ne vidi, jede čokoladu.

Sedela je na časovima hemije i nije razumela ni jednu jedinu reč. Kao da je njena duša odlazila nekuda i lutala daleko, jer kad bi je neko pitao šta to profesorka priča, ona nije znala. U školi nije bilo baš sjajno. A kod kuće je bilo još gore. Pomišljala je da se odseli, da pobegne, bilo joj je grozno da gleda uplakanu majku svaki dan.

"Ne znam kako ću", jadala se majka svojim prijateljicama, "ali moram, moram da presečem", govorila je mesecima, dok jednog dana nije pozvala majstora i promenila tu bravu.

Devojčica je čekala oca da se vrati kući, cele večeri je zamišljala kako pokušava starim ključem da otvori vrata, kako zove policiju, kako cela zgrada odjekuje. Tog dana otac nije došao kući, ali ona je cele noći, uz majku, čekala da čuje umetanje ključa. Metalni zveket.

Otac je došao tek sutradan uveče. Bilo je oko sedam sati. Zvonio je i zvonio, a brat je sedeo sa majkom u dnevnoj sobi, a onda je došao do vrata i rekao ocu:

"Ne možeš više ovde da uđeš":

Devojčica je ćutala, očajna. Ona je u stvari želela da se oni razvedu. Nije htela iz noći u noć da sluša očeve pretnje da će se obesiti, očeva upozorenja da će majka odmah dovesti novog muškarca u stan, ali bilo joj je žao. Stezala je tu bordo fasciklu sa neispisanim papirima, svojim mokrim dečijim rukama, i slušala oca kako cvili:

"Mila, otvori mi, moooolim te, mila moja devojčice. Otvori mi, mila, molim te".

Devojčici su niz obraze lile vrele suze. Jecala je:

"Ne mogu tatice, nemoj da se ljutiš. Ne mogu. Ne mogu".

Majka se verovatno naljutila na nju što je to rekla, ali je odlučno, kao boginja Atena stajala na vratima ne puštajući ga, začuđujuće pribrana. Bila je nema i odlučna. Kao da su u njoj sve suze porasle u osušeni vulkan, tvrd kao stena. Devojčica je otrčala i pokrila glavu jastukom. "Tatice, tatice moj, mili tata...."

Sutradan je otišla u školu, umorna, s glavoboljom. Mislila je: više ništa neće biti isto. Pitala se šta će biti ako je otac bio u pravu, ako majka stvarno dovede novog muškarca i zaboravi na nju. Onda je više niko neće voleti. Te večeri je zamolila majku da joj potpiše papir da se nikada više neće udavati i da neće dovesti muškarca u kuću. Majka je, začuđena ali ozbiljna, potpisala.

Devojčica je sa bordo rokovnikom ispod jastuka, te večeri prvi put mirno spavala.

Ubrzo je počela da čita Tomasa Mana, i u bordo rokovnik upisivala sve rečenice koje su joj je dopale, sve misli koje su joj se činile važnim. Tako je znala da je tata voli. Kroz te knjige, kroz papir, kroz šum drveća oko zamka u Francuskoj. Jednog dana će ona naučiti francuski. Tata je bio Francuska. I Dostojevski i Blejk. I Rembo.

Uskoro se završila škola. Devojčica se upisala u srednju školu. Počela je da čuje ono što se dešava oko nje. Dobila je prve petice iz matematike, čak i fizike, hemije, biologije.

Oca nije viđala. Nije ga videla nekoliko godina. Jednom na ulici, iznad Zelenog venca, srela ga je sa njegovom novom ženom, bio je pocrneo, tek došao iz Grčke. Bio je hladan prema njoj, jedva je zastao da je pogleda. Njegova žena je otišla u stranu, a njena Tamara je ostala uz nju. Devojčica nije pronalazila reči. Zamišljala je zagrljaj, očekivala je da će joj se otac izviniti za sve ove godine. Ali nije. Pozdravili su se, i ona je otišla sa drugaricom u autobus, upisujući u bordo rokovnik citate Dostojevskog. *Idiota*.

DVASTI

Kad budem imao milijardu godina, ne, ne, kad budem imao bilion godina, onda ću biti ovoliki, baš veliki, viče, sav uzbuđen moj četvorogodišnji sin, prestiže sam sebe u brojanju. Izlazimo napolje, i on me moli da ne idemo liftom, nego da brojimo spratove. Često mu to odbijam, obično nosim kese sa hranom, ili sam najčešće preumorna, pa kad idemo gore, na sedmi sprat, koristim lift. Sada, silazimo stepeništem, i on počinje da broji, ovo je šesti sprat, jer tako, govori mi, a ovo je petsti, pa onda ide četiristi, pa tristi, pa dvasti, pa jedansti, jer tako, mama, pita me. Stišavam mu malo glas, jer se neprestano dere, dok oduševljen otkriva svet brojeva, slova, Sunčev sistem.

A Sunce neće danas umreti, mama, pita me mališan zabrinuto. Neće, tešim ga.

Znaš šta, more je Dunav, a bazen je Sava, da, bazen je isti kao reka Sava.

A znaš kako se broji na japanskom, slušaj ovako: gom,

kim, grom, kijom, šorom, horom, derum, durum, dru-
bob, to je deset.

Čekaj, preskočio si jedan broj, možda devetku, kažem
mu.

Ne, ne, japanski nema devetku, mama, mama, japanski
nema devetku. A jedanaest je klumom, dvanaest je keji-
mom, pa trinaest je dramam. Pa kamam, klupam, go-
rom, sedamnaest je gluam a osamnaest je dokom.

A kako se kaže na japanskom dobar dan? Hepi, a dovi-
đenja je tibako. Ja se zovem Vuk, a Vuk se kaže deijam
tukalam.

A koji je ovo broj, mama? Trista, odgovaram mu.

Ne, ne, ne, to je petsto!

Mama, znaš šta, volim te do planete Zemlje!

A Simona volim do Glambuga, a mumo Netu volim
do Grejama. Grejama to je Sunce. To je japanski.

Volim te mnogo, planeto Zemljo, do kosmosa, Grem-
buga i do Sunca!

KONCERT BAROKNE MUZIKE

Kad je u Nušićevoj ulici ušla u malu prodavnicu da kupi flašicu kisele vode i integralnu kiflu, jer joj je prethodno bio pao šećer i osećala je neprijatnu slabost u telu, praćenu izbijanjem hladnog znoja po stopalima i dlanovima, nestrpljivo je stala u red, unapred prebrojavajući novac, a na kasi je, kao po pravilu kad je nekom loše, bio prilično veliki red, ugledala je visokog krupnog mladića ispred sebe, koji je jedinu, u tom trenutku, kasirku udaljio od kase da bi mu donela neke sasvim nepoznate cigarete, i dok je posmatrala njegovo blazirano lice sa poluspuštenim kapcima, ugledala je pored njega, to jest bliže sebi, mladu ženu od koje joj je zastao dah. Nije mogla sa sigurnošću da kaže da li je ova žena imala napad alergije, jer joj je donja usna visila kao labavim koncem ušivena, podbula, natečena i debela, ili joj je neki nespretni plastični hirurg upropastio lice, pa nije mogla da se uzdrži i prestane da je gleda.Tako je bila zaprepašćena da je prestala da oseća glad kad je posle nekoliko minuta izašla na ulicu.

Uvila se u svoj dugi braon džemper i pogledala se u ogledalo sa zadovoljstvom, jer iako joj je lice starilo, sebi je ponekad bivala lepa. Zagrizla je kiflu, koja je imala ukus plastike, i opet je osetila veliki umor.

Ušla je u jedan od mnogobrojnih kafića u toj ulici i, stojeći, čekala da se neko mesto uprazni. Posao je za taj dan bio gotov, a povratak kući i odlazak neprijatno dugom vožnjom devedeset peticom učinio joj se tako teškim da je kao paralizovana sela za prvi slobodni sto, samo da izbegne tu dugu i napornu vožnju. Nije želela da ide kući. Zažmurila je i pokušala da se seti koji je bio dan, utorak ili sreda, nije bila sigurna, da, bio je utorak i imala je dogovor sa Milošem, trebalo je da dođe po nju oko sedam, da je vodi na koncert barokne muzike, gostovao je orkestar iz Italije i svirali su na originalnim, starim instrumentima, setila se da će svirati Hendlovu Muziku za vatromet i Vivaldijeva Godišnja doba. Dugo se radovala tom koncertu, a sad kad je trebalo da se vrati kući, da se odmori i spremi za koncert, neka nevidljiva sila ju je zalepila za stolicu, i sa neopisivim umorom je pomislila da treba da putuje sat vremena do kuće, da kuva sebi ručak, da se kupa, jer kosa joj se već bila zamastila i fronclala se na slepoočnicama, da se šminka i oblači. Namirisala je onaj osećaj iznurenosti i pospanosti, posle radnog dana, a i zamišljala je kako će joj Miloš, kao i svi drugi reći da je lepa, i ona će se pretvarati da joj je stalo do toga, i kako će pružati ruku prema njenoj ruci, dok u mraku budu sedeli na koncertu, ili će je slobodno zagrliti, dok će se ona prepuštati prvom dodiru s ovim muškarcem, dodiru koji će joj možda i biti uzbudljiv jedno nedelju, dve, ko zna koliko. I posle koncerta će je odvesti na piće, i prolaziće verovatno ulicom Strahinjića Bana, a jesenji vetar će dizati raznobojne tanke plastične kese, koje će se kačiti za grane drveća i mešati sa lišćem koje je počelo da pada. Lišće koje nijedan od muškaraca s kojim je izlazila, nije primećivao. Onda će sesti u neki bar, prepun dima, jer gotovo svi Beograđani neobuzdano puše, nije sad mogla da se seti da li i Miloš puši, jer ako puši, onda će kad se budu poljubili, ona imati osećaj da je lizala kafansku pepeljaru, i malo će joj se povraćati od njegovih blago otromboljenih usana. Verovatno mekih, nalik trulom voću. I kad ga, kao gonjena nekom komandom koju je već odavno prestala sebi da objašnjava, bude pozvala gore, kod sebe u stan, onda će je kao neku malu čednu seljančicu obuzeti stid, dok je on bude skidao, i dok je bude obarao na krevet, sav uzbuđen kao majmun, ubrzanog daha, kad joj bude dodirnuo golu kožu, i kad na svoj ud bude navukao kondom, biće blago razočaran kad ne bude odmah mogao da uđe u nju, i kad je pritvorno nežnim glasom bude pitao da li joj se on sviđa, i kad mu ona bude odgovorila, da joj se mnogo sviđa i da je samo nervozna, da bude strpljiv. Onda će joj on, na njen užas gurnuti jezik u uvo, i balaviće je svojim toplim jezikom i obilnom pljuvačkom, i biće razočaran kad mu kaže da ne voli oralni seks, i ne, ne koristi droge, onda će se ta pljuvačka hladiti na njenom uvetu i mirisaće joj na njegova creva, na iznutrice po mesarama. I kad se on bude skoro ohladio, onda će moći da je ima. I samo tada.

"Želite još nešto da popijete?" prenula ju je mlada kelnerica, na šta je ona samo platila svoj račun, kad je konstatovala da je već četiri i da mora da krene kući. Spuštala se prema autobuskoj stanici, uspavana, gotovo pijana, prolazila je pored mršavih, izgladnelih uličnih pasa, koje je, uvek kad je stizala hranila, kad je iznenada zaustavila taksi, i unapred prežalila novac. Tri vožnje taksijem, i mogla je da kupi monografiju Klimta na predstojećem sajmu knjiga, ili Nolitov italijanski rečnik, a četiri prevoza su Šanelov karmin crvenkasto riđ, a pet vožnji taksijem su Šanelov tečni puder, jedini koji je odgovarao njenom bledo žućkastom licu. Ali, ovako se spasla stiskanja, tuđih kašljanja, mirisa znoja koji izbija iz podignutih ruku, zadaha belog luka, koji je starija populacija redovno uzimala uveče, ne bi li sebi snizila pritisak i produžila život, nadajući se da se zadah ne oseća, a smrad je, naprotiv, tek ujutru, postajao nesnosan. Spasla se i onih natapiranih žena, s velikim neofarbanim izrascima, s kožnim tašnama i širokim stopalima u pretesnim cipelama.

Kad je izašla iz taksija, gde je vozač sve vreme pričao o tome da li su izdržljiviji motori Mazde ili Tojote, počeo je da duva neki prijatni jesenji vetar, pomislila je da to duva Zefir, kad je ušla u svoj stančić na trećem, pretposlednjem spratu, gde ju je dočekao njen pas mešanac, koji ju je lizao po rukama, i neprestano mahao repom. Pomilovala ga je i sipala psu čistu vodu. Onda je otišla na terasu i pogledala u šumu koja se talasala kao voda na popodnevnom suncu, drveće je počelo da žuti i postaje riđe, i ona je uživala u tom prizoru. Ništa i niko, sem njenog psa, nije je činilo tako srećnom kao pogled kroz prozor. Sipala je sebi čašu konjaka jer je celo po podne imala neprijatan osećaj nervoze u stomaku i otišla da se istušira. Prijala joj je voda. Oprala je kosu, izdepilirala se i stavila dezodorans. Isfenirala je kosu. Bila je brzo gotova.Onda je otvorila frižider i izvukla pileću supu, koju je podgrejala. Uz to je pojela i paradajz.

Ostalo joj je još sat vremena. Izvela je psa u šetnju i preispitivala se.

Da li je bilo moguće da sredi svoj život, po svim obrascima, da se uda, da rodi decu, to je društvo očekivalo od nje i često su joj kolege s posla davale najrazličitije savete povodom njenog života. A šta je ona mogla da im kaže? Nešto što je za nju bilo sasvim prirodno, samim tim i normalno, da nije mogla da izdrži ni sa jednim muškarcem duže od nekoliko meseci. Toliko puta se pitala, zašto se priroda s njom poigrala i namenila joj takvu ulogu.

Ne, nije mogla da kaže da je nisu privlačili muškarci. Naprotiv, mnogi su joj se dopadali, ali svi bi joj brzo dosadili, i kad više nije osećala uzbuđenost da ih vidi, da ih dodirne, da im kaže nešto lepo, ona ih je ostavljala bez mnogo objašnjavanja i strpljivo bi čekala sledeću priliku.

Da ostari zajedno sa nekim? Zašto da ne? Samo ona nije uspevala ni uz najbolju volju da razvuče vezu ni godinu dana. Tako će biti i sada, bila je sigurna u to, zašto bi bilo drugačije.

Popela se nazad u stan. Šta da obuče? Otvorila je orman krcat stvarima, koje su tako jadno visile. Zažmurila je i dohvatila jednostavnu crnu haljinu. Obula je baletanke.

Dok se šminkala, sveža i raspoložena, kao mačka pre lova, zazvonio je telefon i Marko se javio, da, rekla mu je biće ispred ulaza u pola osam, ne, ne bi volela ranije, umorna je. Sela je u fotelju i uključila televizor. Pila je biter lemon, njeno omiljeno piće.

A onda je Miloš zazvonio na interfon.

Sišla je dole, on je već bio tu, čekao ju je, i ona je ušla u njegov auto.

MINĐUŠICE

Minđušice su podrhtavale na vetru. Visile su krupne, tamnoružičaste iz roze peteljki, kao trešnje, a iz otvorenih latica su im ispadali prašnici i tučak. Tako jarkih boja i zrele, nošene su junskim povetarcem lagano i neprimetno padale na pod terase okrenute jugu.

Ustala je i podigla jedan uvenuli cvet. Boje na njemu bile su i dalje jasne, samo su se latice blago sparušile. Stajala je na terasi i zagledala se u Savu, koja se mirna i glatka, kao na dohvat ruke, mreškala na suncu. Osvrnula se oko sebe, sve je bujalo, vinova loza je već bila prepuna grožđa, a petunije su bokorasto padale, prepune ljubičastih, purpurnih i ciklama cvetova. Dok je tako sedela, sunce se pelo sve više, i grejalo novi dan, njoj ni po čemu drugačiji od prethodnog dana, i onog pre njega, I onog pre, pila je vodu, i osećala da se nešto promenilo. Osećala je potrebu za promenom, želela je da se iščupa iz dana koji su je mleli, mislila je, kao mašina za mlevenje mesa. Poželela je da isprazni ormane i izbaci staru odeću koja je ličila na krpe za brisanje poda, da očisti terase od lišća, da iznese stočić i tamo, na terasi nešto čita. Odakle da počne? Otišla je da skuva kafu, i ušetala u prilično prljavu kuhinju. A sve u kuhinji bilo je beživotno i sivo: isprane krpe, usmrđeni sunđer, gomila sudova u sudoperi. Otvorila je fioku i izvadila čisti sunđer. Stari je bacila. Stavila je vodu za kafu. Onda se istuširala. Izdepiliraće se. Leto je. To će biti prvi korak njenog hvatanja vremena za ruku.

Dok je pila kafu iz svoje omiljene šolje sa crvenim makom, namazana, sa papilotnama na glavi, otišla je do ormana i počela da izbacuje stvari. Na podu je je rasla gomila, planina krpa, kupljenih u ranoj maldosti. Izbacila je isprane crno-sive majice od pre petnaest i više godina, džempere, jedan crveni sa perlicama, kupljen u Londonu, suknje kupljene kod Kineza, seksi spavaćice koje nikada nije nosila, letnje haljine koje joj je šila majka još u srednjoj školi. Nasmešila se setivši se da je krpice kupovala svuda po Evropi, a neke od njih su čak iz Izraela. Kao ove tirkizne majice na bretele. Dve-tri će zadržati, a ostalo ide. Uzela je kese i počela da ih puni. Bacila je više od pola stvari. Stare brushaltere, izbledele pamučne gaćice. Eto, bar je nešto uradila. Onda je stavila novi karmin na usne. Pitala se, zašto svi govore da se žene šminkaju zbog muškaraca. To ne može biti istina. Stavila je crveni ruž na usne, koji joj je na bledom licu, sa malim kesastim podočnjacima lepo stajao. Crveni ruž za po kući. Mrzela je da gleda svoje blede usne.

Kad se vratila na terasu, jutarnjeg vetra više nije bilo. Počela je jara. Na terasi neće moći da sedi do uveče. Rekli su da će biti 37 stepeni.

A sada je najvažnije da načinim najvažniju promenu, rekla je glasno gledajući svoje umorno lice u ogledalu. On ne želi da bude s tobom, rekla je sebi.

Nismo se videli osamnaest godina. Dopisivali smo se mejlom samo dve nedelje i za to vreme si tako impulsivno reagovala da ste se posvađali nekoliko puta.

Nije hteo da ti da svoj broj telefona, rekao je da mobilni ne služi za međunarodne razgovore a da se na fiksni ne javlja jer mu nude šporete i slične stvari.

Prevedi to sebi: Njega boli dupe za tebe. Utuvi to u glavu, govorila je sebi bez trunke osmeha na licu.

Nije joj bilo jasno uopšte kako ga je ufiksirala. Oni su bili zajedno nešto veoma kratko i ona ga je ostavila, više se ni ne seća zbog čega. Samo su se poljubili, to je sve.

Odakle ta opsesivnost, pitala se. I zašto se njegovo lice pojavljivalo u njenim snovima, gotovo neprekidno, skoro dve decenije? I da li bi i jedna druga žena ostavljala svakog muškarca zbog neke smešne dečije ljubavi?

Sve što je imala od njega bio je njegov mejl i njegova kućna adresa. Rekao joj je da bi voleo da se vide, ali ne još, u narednih osamnaest meseci, tako je rekao. I da bi je zvao kod sebe, ali pošto spava u sobičku, ne može da je primi na spavanje.

Zašto ne mogu da spavam kod tebe, pitala ga je mejlom, zar misliš da ću se skinuti gola i napastvovati te?

Nije ništa odgovorio. Samo tišina.

There are no unread mail messages in your inbox.

Nema novih poruka. Nema novih poruka.

A u stvari, pre svađe, pisao joj je pet-šest puta dnevno. Dok ona nije rekla:

Daj mi tatinu adresu, da ga zavedem, neće biti seksa, a moći ću da slikam do mile volje. Tako ću te barem viđati dva puta godišnje.

Opet tišina. No messages.

Da li se ljutiš? To je bila šala?

Hej, hoćeš da ti pošaljem crtež. Crtala sam te?

Tišina. Ubistvena, duga, sveobuhvatna.

Dobila je samo još jednu poruku od njega:

Taj crtež pošalji svom bivšem dečku, Nikoli. A mogu da ti dam tatinu adresu. Srećno s njim!

Nekom Nikoli, s kojim nije bila već godinama. Nikola, koji ju je jurio i preklinjao da budu zajedno. Nikola, koji nije bio tvrdoglav, nego zaljubljen.

Napisala mu je još puno očajničkih pisama, ali ništa.

There are no unread mail messages in your inbox.

U svom poslednjem pismu njemu, tog jutra, rekla je da bi čak otišla do njega u Kopenhagen. Na dva dana. Nadala se da će joj odgovoriti.

Ali nije bilo odgovora. Prokleti kompjuter!

Planirala je da pozajmi pare od svoje najboje prijateljice. Okrenula ju je:

Katarina, da li bi mi pozajmila oko petsto eura, možda sedamsto?

Da, mogu, rekla je Katarina, kad ti treba?

Još danas ili sutra.

U redu doći ću večeras do tebe i doneću ti. Šta radiš?

Ništa, raščišćavam ormane.

Vidimo se.

Onda je okrenula i nekoliko turističkih agencija da pita da li ima neke povoljne avionske ponude u toku sledeće nedelje do Kopenhagena. Našla je povoljnu ponudu. Od 27. do 30. juna. Karta dvesta evra. Još trista ima i dovoljno joj je. Ima i Šengen vizu.

Do 27.ostalo je još pet dana. Taman da opere stvari. I možda ode kod frizera da se isfenira dan pre puta.

Legla je na krevet. Dupke pune najlon kese bile su začvorene. Kad bi tako mogla i njega da se oslobodi, kao ovih stvari.

Nije bila srećna, želela je da je on isponižava, još više, tako da se sama sebi toliko zgadi da ga omrzne. Da, želela je da ga mrzi.

Doktore, dajte mi nešto protiv sanjarenja. Protiv sećanja, želim da spavam. Da sanjam crno. Mrak, doktore, molim vas.

Ležala je nemoćno na krevetu. Bolesna od opsesije, ljubavi, čega li? Ništa nije znala, sem da leto počinje, i da će svaki dan sanjariti o njemu.

Ušao je onako, kao što to biva u snu, miran, s osmehom na licu, i ona nije morala ništa da kaže, samo mu je obuhvatila vrat i želela njegove ruke na sebi. Prepustila mu se nesvesna, kao devojčica, bez predviđanja šta će se desiti, samo se prepustila letnjoj polutami svog neurednog stana. Ne seća se ni da li je bila izdepilirana, seća se samo da je popila jedan pelinkovac s ledom i da se smejala, a posle toga se više ničega ne seća. Stegao joj se stomak od neprijatnosti što nije bila izdepilirana. Osetila je kako joj je krv navrla u glavu.

Uzela je još jedan pelinkovac. Ruke su joj postale mlitave i teške. Noge su je bolele u kolenima. Bila je tako prokleto nemoćna.

Idi, ostavi me, ječala je videvši kroz spuštene bele venecijanere njegove lepe crne oči.

Onda je otišla do kupatila i uklonila sve nepoželjne dlake. Namirisala se i očešljala. Sada je stavila nešto u usta, tek da ne bude gladna. I izašla napolje. Bilo je vruće, trideset sedam stepeni, asfalt se topio, pa je išla samo hladovitim ulicama do bankomata. Ubacila je svoju lila viza karticu i tražila stanje na računu. Minus deset hiljada. Super, pomislila je i podigla još pet. Otišla je pravo u tržni centar, u Piramidu, i kupila jeftine sunčane naočare, kopiju Šanela. Onda je sela u svoj omiljeni kafić da popije sok. U hladovini je prijatno ćarlijao vetar. Gledala je kako se vrapci skupljaju na fontani i šire krila dok se kupaju i piju vodu.

DNEVNIK

4.06.

Sanjala sam te noćas. Ti si mi prišao i ja sam dodirnula tvoje usne, a onda si me poljubio. Kakav meki poljubac, tvoj jezik je bio tako gladak. Grlili smo se, a ti si mi se smešio. I sve sam ti rekla, šta hoću, šta neću, nisam se gušila ni stidela. Ne znam da li te volim, ali mi trebaš.

Dodirnuo si mi kažiprstom nos, zagrlio me i odveo. Šetali smo vlažnim ulicama, padala je kiša i nije bilo nikoga sem nas.

Kad sam se probudila želela sam te. Moj krevet je zjapio prazan. Čak se ni Maki nije čula.

15.06.

Imala sam slobodan dan, ali je padala kiša pa sam ostala kod kuće. Kroz prozor sam posmatrala nabujalu zelenu Savu koja je opet preplavila šetalište i gledala cvetove prkosa, koji su nikad krupniji i raznobojniji, otvarali svoje krupne latice prema suncu. Cvetovi su nečujno padali i nalazila sam ih trule od vode na pločicama terase. Nisam ih sklanjala, uživala sam da ih posmatram ispale i poružnele, još uvek jarke i s oblikom.

Spavala sam celo popodne i slušala Kortoa kako svira Šopenove prelide. Ranije sam sve htela da ih odsviram, svaki ton bi me aktivirao da poletim do klavira, iskopam note i barem ih pročitam, dugo sviram, a sada samo ležim bespomoćno i slušam, tonem u muziku, kao u san, opušteno, zatupljenih čula. Napijam se muzikom, kao konjakom. Da li to treba da me plaši? Puštam da mi sve ove muzičke boje utonu u telo i ostanu tu.

1.07.

Kupila sam sebi kupaći kostim, šareni, jednodelni, braon, narandžast i cinobercrveni. Bila sam na Adi Međici. Sedela sam na panjevima i pila koka kolu sa svojom prijateljicom. Ona je punačka i mene je bilo stid mog vitkog tela. Ušla sam u vodu nekoliko puta, ali nisam baš mnogo plivala. Sećala sam se kako sam ranije svake godine preplivavala Savu. I nije me bilo strah. To je bilo kad je moj pas Leon imao dve godine. Sad ima trinaest, star je i ne čuje više. Mislila sam kako će mi biti teško bez njega, kako želim da odgodim njegov odlazak. Pas živi s mojim bratom kog najviše voli. Često ima probleme s probavom, krvari iz debelog creva. Ja odem ponekad da ga vidim, pomazim ga malo.

Gledam se u ogledalo. Živim sama, nisam našla nikoga. Možda je tako i bolje, već mi je trideset osam godina, možda ja i nisam za decu, sačuvala sam grudi, stomak, nemam strije. Sad kad sam na godišnjem odmoru ustajem kasno i pijem kafu do dva sata po podne. Frižider mi smrdi i treba da ga operem. Već pet dana odlažem tu obavezu. Ne volim kad te ne sanjam. Noćas sam sanjala kako se jedna poznata glumica udavila. Ne znam šta to znači. Volim one snove koji mi podmlađuju telo, volim snove jer u njima nisam kukavica, gospodarim svojim telom i svojim umom. I vreme nekako drugačije klizi, nema tako velikih oscilacija u raspoloženjima, sve je na neki životu nerazumljivi način jasno. A kad se probudim ta logika mi uvek isklizne. Danas se neću ni sa kim videti, čistiću kuću, možda napisati nekoliko pesama, obaviti telefonske razgovore. Na kraju ću odgledati neki film, prošetaću Maki. Probaću da uživam u vrelom letnjem vazduhu. U lanenoj haljini.

20.7.

Boli me želudac. Ne mogu da te pronađem u sebi, nemam dovoljno snage da te zamislim. Ko si ti uopšte? Da li postojiš? Ne znam gde živiš, nikad nisam bila kod tebe, znam samo da si daleko. I vremenski i prostorno. To mi ni najmanje ne smeta. Kad smo se poslednji put videli, bilo je uzbudljivo, znam da je i tebi, razgovarali smo tu i tamo o lepim stvarima, ništa otvoreno ni sa moje ni sa tvoje strane, samo oči. Mislim da su plave ili zelene, možda su i kestenjaste, čak ni to ne znam. Oči ne lažu, samo ako imamo hrabrosti da ih gledamo, dugo i pažljivo, i onda posle našeg susreta mogu dugo da ih vidim, danima, nedeljama, sve dok se sećanje na tu ustreptalost potpuno ne izbriše, dok ne izbledi tvoje lice. Dok te ne potrošim kao jabuku, a kad mi ostanu samo koštice, ja i njih progutam, i njih varim. I na kraju ostanem sasvim sama. Postanem možda i patetično usamljena. I zapitana zašto ti ništa ne kažem? Prošetam se po šetalištu punom kestenova i lipa i pomislim kako mi prolazi život kao u snu. Puštam da mi se stvari dešavaju, a pošto se stvari sve ređe dešavaju, i pošto su sve neprijatnije, više ništa ne preduzimam. Nose me talasi. Idem na posao, vozim se taksijem, nasmešim se ponekad, kad imam snage za to, idem kod Kineza u kupovinu, sednem s majkom na brod, dugo pijemo kafu dok se splav ljulju-ška.

Mislim da moram da te vidim, ali neću da primetiš bilo šta. Ne želim da me dodiruješ, ne želim da postaneš stvaran, neću da svlačiš svoju odeću i da ja jedva čekam da se sve završi, da odem svojoj kući, da se dugo tuširam vrelom vodom, dok ne isperem svaki miris drugog tela sa sebe, jer na kraju i ti bi postao drugo telo, stranac, čije bih mirise, mekoće i oblike bih otkrivala kao novu geografiju, začuđena, bez prepoznavanja.

Čak i kad bi mi bilo lepo, koliko bi to trajalo? Dva dana, dva meseca? I onda bih te potpuno zamrzela i ti bi nestao, utihnuo bi kao sveća koja se gasi, jer joj je fitilj dogoreo. Šta bi mi onda ostalo? Moj posao, Maki, moj pas? To i goli život bez snova.

Moje načeto telo koje polako truli, ostaje bez snage, moje lice koje načinju bore, urezane oko usta, moje posete ginekologu, raskrečene noge u strahu od rezultata?

Magla koja se pojavljuje u novembru, kad ne želim da živim, kad se uvlačim u neku nevidljivu kućicu, i kad mi se koče ruke i noge, kad se plašim sivog svetla, koje me parališe?

ZNACI I SLOVA

Kad je utrčala u muzičku školu, okrečenu u bolničku bledozelenu boju, popela se stepeništem na prvi sprat, pridržavajući se za drvene gelendere minjon roze boje. Ova muzička škola je stvarno ružna, pomislila je zajapurena šesnaestogodišnja devojka, koja je išla na čas solfeđa. Kad se popela gore, zamolila jer tetkicu, jednu stariju razroku ženu sa dlakavim mladežom iznad usta za čašu vode. Kad je, onako žedna, jer je napolju bilo toplo, oko trideset stepeni, ispila vodu, začudila se što nema drugih đaka ispred učionice.

Da li je došla profesorka solfeđa, pitala je tetkicu?

Nije Anja, odgovorila je tetkica, bolesna je, nemaš danas čas. Ostali su već otišli.

Pitala se šta će sad, do časa klavira ostalo je još nekoliko sati, a ona je živela tako daleko, sat vremena autobusom od grada. Pomislila je da bi mogla da iskoristi vreme i počne da sprema junski ispit iz klavira, ostalo je još samo dvadeset četiri dana, ali nije joj se mnogo vežbalo. Škola je, onako bedna, i ofarbana u masnu zelenu farbu na donjoj polovini zida, a okrečena u svetlo zelenu na gornjoj, delovala sablasno i mračno. Biljke su puštale sitne listove, željne svetla, požutele u tom mračnom prostoru i buđavile su od preteranog zalivanja. Gledala je kroz dugačak hodnik, koji je vodio do polukružnog stepeništa i do zbornice. U školi nije bilo nikoga. Počela je da otvara sve učionice, jednu po jednu, u svakoj je bio po jedan pijanino, i dugačka tamno zelena tabla iscrtana crvenim notnim linijama, sa kredom i gadnim, prljavim sunđerom, od kog joj se ježila koža kad nije bio nakvašen. Onda je otišla u zbornicu i pozvala majku na posao, 341344, da li je tu moja mama, pitala je majčinu koleginicu.

Na sastanku je, dušo, pozovi kasnije.

Nije joj bilo druge nego da uđe u sobu i da vežba. Note su bile tu, prsti znojavi i raskuvani. Izabrala je prvu, prostranu učionicu s leve strane. Ušla je unutra, izvadila note i sela za klavir. Počela je sa A-dur skalom, prsti su lenjo i trapavo prelazili preko crno-belih dirki. Sledila je jedna dosadna Mošelesova etida sa oktavama u es-molu, od kojih joj se kočila desna ruka. Pogledala je na sat. Bilo je tek deset ujutru. Sa donjeg sprata se čulo kako neko vežba klarinet. Nastavila je da svira, vežbala je i Betovena, čekala je da počne sa Bahom, koga je najviše volela, kad je u sobu ušao nešto mlađi dečak, s crnom kosom i krupnim crnim očima. Nosio je crvenu majicu, imao je svoč na ruci i u učionicu je uneo violinu u futroli.

Šta ćeš ti ovde, pitala ga je, iako se nikada nisu pre toga videli.

On je ćutao, samo je zgrabio ključ sa zelene klupe. Zaključao je iznutra učionicu i otišao do otvorenog prozora. Držeći ključ u ruci, pružio je ruku kroz prozor i progovorio:

Sad ću da ga bacim.

Ti si lud, šta ti je, rekla je malo uplašena, jer dečak je imao nestašan izraz na licu.

Pusti me da vežbam, imam ispit uskoro, rekla mu je.

On je samo ćutao i gledao je pravo u oči.

Ko si ti, pitala ga je opet.

Ivan, rekao je.

Zašto si ušao baš ovde, ceo sprat je slobodan, pitala je.

Zato, odgovorio je i nasmejao se.

Imao je mršave noge i nosio je farmerke. Bile su to skupocene farmerke, Levis 501, za razliku od njenih koje su bile bedne. Šivene na mašini kod kuće, sa falš znakom Levisa. Ipak dok je hodao po učionici, videla je da ima iks noge.

Daj mi ključ, rekla je i počela da ga juri po učionici. On se smejao. Bio je brži. Sad je stajao kod vrata i otvorio usta da proguta ključ.

Radi šta hoćeš, rekla je i sela za klavir da svira Baha. On ju je slušao.

Šta je to što sviraš, pitao je.

Bahova engleska svita, a-mol, odgovorila je.

117

Sviđa mi se, rekao je. Moraćeš da izađeš, ja ovde za pet minuta imam čas.

Mogao si i ranije da mi kažeš, nisi morao da praviš pozorište. Pokupila je svoje note, stavila u ranac i sačekala ga da joj otključa vrata.

Kad je izašla, spustila se dole na ulicu. Odšetala je do klavirskog odseka, i usput kupila sok. Dok se pela tamnim stepeništem na četvrti sprat, mislila je na neobičnog dečaka. Ceo čas je bila duhom odsutna i nije čula nijednu profesorkinu reč, samo je mislila na Ivana i na ključ. Zašto je hteo da proguta ključ, pitala se dok je svirala. I zašto je hteo ključ da baci kroz prozor?

Prelo leta, dani su se vukli, dugi i vreli. Zaboravila je na Ivana, izmorena od vremena koje je imala na pretek, od tih letnjih popodneva koja su bila bekonačna, da je plivajući kroz njih mogla da spozna, gotovo čuje trajanje svake sekunde i njeno sporo odvajanje od prethodne. Njeno pretvaranje u prošlost. Izgledalo je kao da septembar nikada neće stići, kao da ga oduvavaju vreli vetrovi i izgorela trava, i kao da je svetlosnu godinu udaljena od one planete Zemlje, koja je bila sveža, prepuna kiša, snegova i golog granja. Ipak je pomalo i uživala u svojoj lenjosti, od koje je bila uspavana i umorna. Činilo joj se kao da se nikad više neće pomeriti, da će ostati zarobljena u večnom pejzažu požutele trave i osušene zemlje... Ali, septembar je stigao sasvim neprimetno, i jesen je odnela sa sobom leškarenja i duge šetnje pored reke. Sa radošću je osećala kao da je vreme opet počelo da postoji i pravila je planove šta će svirati, šta će čitati. Kupila je novu krem fasciklu za note i radosno počela da vežba. Prvih dana je sve bilo uobičajeno u školi. Devojčice su se hvalile jedna drugoj kuda su putovale, pokazivale su odeću koje su dobile od roditelja, razgledale fotografije sa letovanja. A onda je već krenula jesen a s njom i kiše, i Anja je uživala u lupkanju svojih cipela po vlažnom asfaltu. Bilo da je kiša gusto dobovala po prozorima ili da je rominjala ona sitna, novembarska, devojka se osećala kao da ima krila. Izletala bi na ulicu i šetala satima, uživala u tamnosivom nebu, baricama i slušala kapi kako udaraju o kišobran. Napokon je došlo i moje vreme, ono u kome ja uživam, mislila je dok je sklapala kišobran ulazeći u školu. I naletela je pravo na njega. Ivan je stajao pred njom, kao crni šumski satir, živih očiju, poput žeravica. Bez reči su se gledali. Ona njega, onako iznenađeno, a on nju sasvim bezobrazno, samouvereno.

Ti si Anja, pitao je.

Da, rekla je.

Profesorka harmonije mi je rekla ćeš mi ti pomagati. Ne ide mi dobro harmonija. I, da li hoćeš?

Bila je zbunjena. Pomoći ću ti, što da ne, rekla je. Evo ti moj telefon.

I onda je počela od kiše mokrim prstima da pretura po torbi, i dugo je preturala dok nije našla hemijsku olovku i na parčetu papira mu zapisala svoj broj. Tako su počeli da se viđaju jednom nedeljno. I između dijatonskih, hromatskih i enharmonskih modulacija, dok mu je pokazivala tetrahorde: durske, molske, harmonske, frigijske, ona je primetila da je sa uzbuđenjem i nestrpljenjem čekala na taj dan u nedelji da ga vidi. Pokazivala mu je razrešenja, sikst ažute, objašnjavala sve u vezi tonike, subdominante i dominante. Bio je posebno zanimljiv i napolitanski akord i dominantina dominanta i kadence koje je trebalo u tri položaja odsvirati kroz sve tonalitete. Često je rumenela dok ju je on gledao i slušao, onako ozbiljan, a neka neobična toplina joj je preplavljivala telo kad bi je pogledao.

Za sledeći čas su se dogovorili da idu kod njega kući. Taj dan trebalo je da pređu moduse, preslišavala se u sebi, u tramvaju broj jedanaest, jonski modus je od ce, dorski je od de, frigijski od e, lidijski od ef, miksolidijski od ge. Odjednom, obuzeo ju je prvi nalet želje da ga dodirne, da mu oseti miris, da oseti mekoću njegovih usana. Eolski od a, a kako se zvao modus koji počinje od note ha? Nije mogla da se seti. Sišla je iz tramvaja i na Dorćolu tražila njegovu adresu. Bilo je lako, baš kao što joj je i objasnio. Kad je ušla u njegov mračni i mali stan, on joj je pustio Mocartov *Rekvijem*. Veoma glasno. Ta muzika ju je paralisala, bila je tako mračna i snažna, da je samo sela i slušala je. I Ivan je bio ozbiljan dok je slušao prvi stav: *Requiem*. Slušala je kako se polifono, na genijalan način, iz instrumentalne tišine, kao udarac i odjek, razvijaju, otvaraju vrata smrti, dok hor ne uđe sa poznatim rečima Kirie eleison, dok se kasnije kao neki usud ne pojavi solo sopran. Sedeli su tako, jednog kišnog dana zajedno i slušali. Osetila se kao da će ih samo smrt rastaviti, iako joj on nikada nije rekao da je voli, ona je volela njega, dve godine mlađeg dečaka, posebnog i ćutljivog. Posle poslednjeg stava, *Agnus Dei,* bilo je veoma teško vratiti se na moduse i u svakodnevni život. Kad je isključio gramofon, njoj je dugo trebalo da prekine tišinu.

Lokrijski modus počinje od ha, setila se napokon.

Smrt, rekla je, ne znajući šta da doda toj reči.

On je, međutim, bio duhovit i rekao je:

Da, bio je to samrtni ropac. Pravo *roptanje.* Napisaću kompoziciju koja će se zvati *Roptanje.* Biće to nešto kao moj Rekvijem, rekao je đavolski.

Meni smrt nije nimalo smešna, odgovorila je.

Odjednom ih je okružila tišina. Takva tišina u kojoj nije bilo neprijatno ćutati.

Znaš šta me plaši najviše, šapnula je, da ću osećati svim svojim čulima da sam sama. Sama i mrtva, oči vide mrak, uši su mi gluve, dodir ne postoji, toplina ne postoji. Samo plutaš kao neka izgubljena kapsula kosmosom bez Boga, bez ikoga beskrajnim vremenom. Možda je to pakao, rekla mu je.

Slegao je ramenima.

Mislim da nije tako strašno. Samo umreš, prestaneš da dišeš, prestaneš da postojiš, ne treba da se plašiš.

Sledeći put su se posle časa prošetali Kalemegdanom.

Da li hoćeš da besplatno uđemo u zoološki vrt, pitao ju je sa osmehom na licu.

Hoću, ali posle zime, na proleće. Da ju je pozvao da uđe u vatru, ona bi pošla za njim. Ali sve vreme bila je u strahu, da je smešna, da su njena osećanja nerazumna. Ipak je ona dve godine starija od njega i nema pojma da li mu se uopšte sviđa. Možda se druži sa njom samo zato što je neobičan i nema mnogo prijatelja?

Zavolela ga je ali ga se i plašila, jer nije znala šta misli, bio je kao zid, kao stena, neprobojan. Pričao je malo, uglavnom neke duhovite, sarkastične primedbe. Završavao je lako razgovore. Rekao bi nešto kratko i zaćutao.

I to je bilo to. Nije mu bilo neprijatno kad bi se tišina raskrilila između njih dvoje.

Kako je zima prolazila, oni su se sve češće viđali. Šetali su satima i razgovali, dok je drveće na Kalemegdanu nosilo teške snežne pokrivače. Stajali su na ušću i duboko udisali te nikad ponovljene trenutke, upijali pogledom Novi Beograd, koji se nazirao dalek, u magli.

Nekako neprimetno, oni su se poljubili. Da li je bilo lepo, pitala se mnogo kasnije, možda i ne, pre nevino, neiskusno. Gledala je kako im se prsti upliću u dugim šetnjama. Volela je miris njegovog vrata, bez trunke parfema, miris gole kože, njegovo duguljasto lice s retkim dlačicama, nevešto obrijanim. Tištalo ju je što nije mogla da vidi u njegovim očima ljubav, iako je on bio uz nju. Ona je stalno očekivala da će joj se on otvoriti kao školjka i presuti joj reči koje bi je utešile. Kakve reči? Neke konkretne, kao dodiri, meleme koji bi je uverili da nije ružna, reči, koje bi je kao meka slikarska četka milovale, uverila je u njegovu ljubav. Čekala je nešto pouzdano, neki znak kao usud, ili kao Mocartov Rekvijem.

Bližilo se proleće, i sneg je počeo da se topi. Dani su postajali duži, onako zaslepljujuće sivi, neba prekrivenog pticama, koje se otvaralo pred njima. Kad je sve napokon postalo zeleno, popeli su se na Kalemegdan, ona, trapavija od njega, jedva se uspela strmom liticom do vrha, gde su stajali držeći se za ruke, na samoj ivici provalije. Iza leđa im je bila strma padina, a napred, duboko dole, kavez sa medvedima. Njoj su se od straha oduzele noge.

Plašim se, promrmljala je tiho.

Nemoj, biće sve u redu, rekao je dečački samouvereno.

Kad su se sa velikom mukom, napokon spustili dole, ona je rekla da žali što se pela tamo, da je bilo odvratno i da su oboje mogli da poginu, morao je da joj kaže koliko je opasno. On joj je sasvim ozbiljan odgovorio da se do lepote dolazi kroz bol, muku i trnje.

Zar se sada ne osećaš divno, pitao ju je, i uhvatio za ruku.

Da, rekla je obuzeta i smirena tim dodirom. Nastavili su da hodaju po poljima obraslim makom.

Šta se onda desilo? Više se ne seća. Dok sedi sama u svojoj sobi, dvadeset godina posle toga, seća se samo da ga je ostavila. Da mu je objasnila da je starija od njega. Nije dobila reči koje je očekivala. Glupe, proklete reči. Dokaz da je neće napustiti prvom prilikom. Pobeći u inostranstvo. Da joj neće okrenuti leđa, onako kao što je njen otac okrenuo njenoj majci. A pritom joj nije ni rekao da je lepa. A i što bi, ako tako ne misli?

Samo je tako prekinula, obuzeta upisom na fakultet. Odlučila je da se usresredi na svoje studije, da ga zaboravi.

Jedne noći, kao tridesetpetogodišnjakinja, već udata, probudila se oblivena znojem. Setila se njegovih pisama, koja više nije imala.

Pisao joj je pisma, puna ljubavi, slovima koja su kao crtež ličila na rukopis Leonarda Da Vinčija. Na njen elektrokardiogram. Svuda je nosila ta pisma, pohabana i iscepana. Vucarala ih je sa sobom, dok ih nije negde u selidbama izgubila. Nestala su, kao da nisu ni postojala. Kad ga je ostavila, nekoliko puta je pronašla cveće ispred svojih vrata. Možda je bilo od njega? A onda je on otišao na Svetu Goru i poslao joj razglednicu, na kojoj su kao slika ležala crna slova njegove patnje. Prvi put vidljiva, ta slova su se kao znaci preoblikovala i postajala reči ljubavi koje je ona čekala. Stvoreni iz njegove ćutnje, iz njegove stidljivosti. Zašto tek tada? Sad je bilo kasno, mislila je vežbajući za prijemni ispit.

Više se nisu videli. Baš nijednom. On je otputovao, daleko, a ona je otišla svojim putem.

Samo nije nikada mogla da ga zaboravi. Kao usud, u snu joj se pokazivalo njegovo ozbiljno lice, tanušne noge, lepe ruke. Da je samo mogla da vrati vreme unazad, mislila je nekad i glasno, šetajući se kroz gusti drvored platana, po najvećoj vrućini.

Želela je da mu piše godinama, dok su se godišnja doba smenjivala, dok je zima obuhvatala jeseni, i dok su sparna leta pritiskala grudi. Ogrnuta tim zelenilom, već načeta godinama, znala je da sve to nema smisla, da ne može da podnese da se vidi s njim kao sa strancem. Jer to više nije bio onaj mladić, to je postao njoj neki sasvim nepoznati muškarac, čije su ruke grlile druga tela, ženska ili muška, svejedno. Ali ne i njeno. Ne i njeno koje je uporno slušalo Šopenovu es-mol etidu u kojoj su se zvuci pretvarali u reči, u šapat, sve je prošlo, nestalo, nekud u provaliju, u tamni vilajet bez svetla.

Želela je da mu piše godinama, dok su se godišnja doba smenjivala, dok je zima obuhvatala jeseni, i dok su sparna leta pritiskala grudi. Ogrnuta tim zelenilom, već načeta godinama, znala je da sve to nema smisla, da ne može da podnese da se vidi s njim kao sa strancem.

Jer to više nije bio onaj mladić, to je postao njoj neki sasvim nepoznati muškarac, čije su ruke grlile druga tela, ženska ili muška, svejedno. Ali ne i njeno. Ne i njeno koje je uporno slušalo Šopenovu es-mol etidu u kojoj su se zvuci pretvarali u reči, u šapat, sve je prošlo, nestalo, nekud u provaliju, u tamni vilajet bez svetla.

U TESNIM FARMERKAMA

Tog sivog jesenjeg jutra, jedva je ustala iz kreveta. Lenjo je ispod jorgana izvukla svoje duge ruke i protegla ih, kao mačka. Trebalo je da ustane i okupa se, kosa joj je bila prljava, da namesti krevet i izleti na posao, ali nije mogla ni da se pomeri. Šta bi bilo ako bi se javila na posao i rekla da je bolesna. Da, gurnuće komade vatice u nos i javiće se i reći da ima temperaturu. Samo da joj ta temperatura posle, stvarno na stigne, pomislila je i uplašila se na trenutak, toliko da je skoro odustala od svog nauma, kad je samu sebe ubedila da će tako ipak biti najbolje. Znala je da se sviđa direktoru, nije skidao oči s nje, posmatrao joj je zadnjicu, s interesovanjem da li se na tesnim farmerkama ocrtavaju gaćice. Poverovaće joj. Još jednom se promeškoljila u krevetu i izmazila sa svojim psetancetom, crnom pudlicom, koja ju je svake noći grejala, i spavala joj ili pored lica ili na nogama.

Da provedem ceo dan u krevetu i slušam muziku, ne, to ne dolazi u obzir, pomislila je, to sam probala sto puta, i dosadno je, možda bi bilo bolje da se prošetam. Šta ću da obučem, pitala se i to joj je dalo snagu da ustane i ode do svog velikog, neurednog ormana krcatog odećom. Trebalo bi desetak dana da posveti bacanju starih stvari, a to bi je nateralo da se seća ove ili one prilike, a ona nikako nije volela da se seća. Zato nije raščišćavala svoj orman. Mrzelo ju je da kopa po stvarima, pa je odozgo izvukla prvu belu majicu, koja je blještala u ovom sivom danu, koji je obećavao onu rominjavu, sitnu kišu, od koje se, nije znala zašto, ceo grad ježio, baš svi koje je poznavala, što ona nije mogla da razume, jer je obožavala kišu, svoje zelene gumene čizme, i kolekciju crnih kišobrana.

Stavila je kafu u mašinu za espreso i otišla da se okupa. Ogledalo je bilo musavo, na njemu su ostavile trag osušene kapljice vode, a staklena ploča ispod bila je prekrivena ruževima za usne. Bilo je tu zatvorenocrvenih nijansi, braonkastih, bordo, jedna je čak bila blago ljubičasta, a najviše njih je bilo boje rđe. Jedan duguljasti, sedefni, odudarao je od drugih. Ne taj bledi, ne pristaje mi, samo leti, pomislila je dok je mazala svoje lice i dok se oblačila. Kad je bila spremna i namirisana, potražila je direktorov broj u imeniku mobilnog telefona.

Šta ću da mu kažem, smišljala je pre nego što ga je pozvala. Pustila je psetance na terasu da obavi nuždu, i neprekidno smišljala šta će da kaže. Kad se našminkala, očešljala i osušila kosu, pogledala se u ogledalo i bila je zadovoljna. Kosa joj se razbarušila, čista i sjajna oko lica, i braonkasti ruž joj je dobro stajao. Onda je okrenula direktora i saopštila mu da ima temperaturu i da bi odležala dan-dva, dok ne bude bolje, a onda se uputila u Dom zdravlja kod doktorke da otvori bolovanje.

Kovala je planove šta će da radi ako uzme odmor. Da li da otputuje, u Pariz ili u London, ili u Firencu, i da potroši celu uštedevinu, ili da samo ostane tu, u Beogradu, gleda filmove i dosađuje se. Morala je da se naěeka u čekaonici prepunoj penzionera, pre nego što stigne na red kod doktorke.

Molim vas, da li mogu da dobijem bolovanje, pitala je iskreno, poludeću od posla, dajte mi sedam dana, možda bih otputovala, rekla je.

Doktorka joj je bez problema napisala doznake. Nikad do sad niste tražili, znači da vam treba.

Bilo je lako. Javila se direktoru još jednom u rekla da je na bolovanju, nedelju dana. Izgleda da je bronhitis, rekla je zapušenog nosa, usred bučne čekaonice u Domu zdravlja.

Samo se ti lepo odmori, rekao je direktor. I brzo nam ozdravi. Ćao.

I to je bilo to.

Sad je mogla šta je htela.

Da se posveti čišćenju stana nedelju dana, baš divna ideja, to nikako. Da otputuje, ali kuda, sama, kao pas, čak i to joj se činilo u redu, navikla se na svoju samoću. Nije imala nikoga. Bila je sama, i zbog toga se osetila jadno.

A da sedne u kafić, da je posluži njen omiljeni kelner, zgodni visoki muškarac, možda će joj pasti nešto dobro na pamet, a posle da ode do banke, uzme svoju ušteđevinu, makar spiskala sve na krpice. Šta ima veze? Život je kratak!

Odšetala se do do obližnjeg novoizgrađenog tržnog centra, i hodala po pločicama koje su bile ispucale. Ispod nastrešnice su se gurkali našušureni golubovi, koji su celoj građevini davali izgled starog i oronulog. Posmatrala je izloge obuće i odeće, čak je ušla i probala dva para pantalona, jedne čizme, ali ništa, baš ništa joj se nije dopalo. Ušla je u banku i proverila stanje na računu, odlično, pomislila je i kiselo se nasmejala. Izgleda da su je pare žuljale i da joj se žurilo da ih potroši...

Sela je u svoj omiljeni kafić, i tamo je bio onaj simpatični kelner, koji joj je odmah prišao i nasmešio joj se. Dok je naručivala dobro ga je osmotrila, bio je visok i crn i izgledao je užasno glupo, imao je otromboljene velike crvene usne, bio joj je drag samo zato što joj se smešio. Šta bi bilo kad bi se zajedno našli na pustom ostrvu, tada bi se možda nešto i desilo, ali ovako, ne, ne, nikako. Njeno srce pripadalo je jednom čoveku, koga više nije poznavala, pravom pravcatom nezrelom asocijalnom muškarcu. Na svu sreću on je živeo u San Francisku, a ona se veoma plašila da putuje preko okeana, tako da nisu bili već dugo ni u kakvoj vezi. Ranije su se viđali u Budimpešti, u Pragu, u Rimu, jer on nije dolazio u Beograd, nije odslužio vojsku. Ranije su se dopisivali, najviše pismima, manje mejlom, a onda su se bili posvađali oko nečega, i on je zauvek zanemeo. Ona mu je pisala i pisala, molila ga da joj oprosti ali njegovo srce se baš bilo skamenilo, stvrdnulo i ona je to otpatila.

Nekoliko godina, budila se usred noći i želela da grebe zidove jer nije imala njegov telefon, i mučila sebe pitanjima zašto je tako odjednom zaćutao, zašto je postao surov i hladan, ali odgovor nije našla. Samo su vremenom svi utisci izbledeli, i ona je, kao u snu, prihvatala svaki dan bez radosti. Naučila da živi sa mišlju da je on ne voli, počela je da životari i uživa u karminima, u posetama pedikiru, a klonila se svih ljubavnih filmova, jer bi je oni potresli i otvorili joj rane koje su, iako je prošlo već sedam godina od kad su se poslednji put videli, bile još bolne.

Onda je ona nagrnula u kupovine, i od svoje sasvim skromne garderobe, zamišljajući u čemu bi je on najviše voleo počela besomučno da kupuje i baca. Bile su tu večernje haljine od svile boje starog zlata i crne sa tilom i satenskim trakama, crvene tesne panatalone i uske crvene majice, tirkizne haljine na bretele... A onda je vremenom počela da zaboravlja šta sve ima, i nekada bi sasvim slučajno u ormanu otkrivala šta je sve kupila, i kad je šta kupila, sve nadajući se da će se on javiti. Kad bi je samo video u ovome ili onome, mislila je sa gorkim ukusom u ustima. Gledala je u poštansko sanduče, i sa svakim gubitkom zadovoljavala je sebe bilo kakvom kupovinom. Kad joj je postalo muka od odeće i obuće, zaronila je u šminku, pa u šoljice za kafu, bele, pa porculanske sa crvenim cvetovima, sa ružičastim ružicama, onda u biljke, svilene jastučnice. Na kraju je renovirala stan, promenila parket, napravila sebi biblioteku sa foteljom i prelepom stonom lampom ispod koje je već tri godine planirala da sedi i da čita. Stan joj se punio lampama, viskoznim tepisima, cvećem, a pare na računu su rasle, iako je ona trošila više nego ikada u životu. Direktor joj je nudio poslove sa strane i ona ih je prihvatala, i savesno radila noću, do tri-četiri ujutru.

Posle kafe ušla je u knjižaru, jer više ništa nije moglo da popuni prazninu koja ju je obuzimala i koja je ličila na olovno sivo nebo nad njom. Nikakve krpe, ni parfemi, ni nasmejani kelner. Sve je to imala, i obuću, i odeću, i šminku, i ušteđevinu, a suze su joj navirale na oči. Ušla je u knjižaru s namerom da nešto kupi, a onda je počela da gleda knjige o delfinima, i poželela da je u moru i da sluša piskutanje delfina, dok talasa nogama kroz slanu vodu. I poželela je da ostane tu, u toj vodi, pretopi se sa njima, da postane delfin. Da ne ugleda više svoje tužne smeđe oči u ogledalu, ni svoju kosu, ni noge i ruke, da promeni glavu, da razmišlja kao životinja, ko zna, možda sa još više bola, bez mogućnosti da bilo šta pretoči u reči. Da ceo osećaj sopstvenog postojanja postane samo piskutanje, čegrtanje, kliktanje. I klizeće, sivo, veliko telo, koje se obrće, praćaka, koje iskače iz vode. Nekada nemo telo uhvaćeno u ribarsku mrežu, nemoćno, nasukano, sa malim crnim očima i nasmejanim ustima. Zažmurila je, i zamislila kako je glatka i siva i kako je eholokator. *Bottle- nose Dolphin.* Zgrabila je CD koji se zvao *More i delfini*, i knjigu na engleskom, platila sve, oblivena suzama, i odjurila kući.

ZGAZI ME NEŽNO

1.

Prošao je jedan dan. Samo jedan dan ti nisam pisala. Osećam bol u telu. Ležim na krevetu, prinosim krevetu stočić. Na njega stavljam daljinski upravljač za televizor, bežični telefon, knjigu, mobilni. Ne prilazim kompjute-ru. Znam da sam ti poslednje pismo napisala juče u 13:22.

Ustala sam u sedam ujutru, i bilo je vrelo. Creva su mi se slepila od gladi, ali nisam imala u frižideru ništa. Našla sam samo komad suvog crnog hleba i uzela ga. Popila sam svoje lekove i vitamine. Onda sam se muvala po stanu, pokušavajući nešto da uradim. Bilo šta. Bilo šta. Izvadila sam sve iz korpe za prljavi veš. Oprala sam gomilu veša a oprala sam i samu plastičnu korpu. Oriba-la sam pod u kupatilu i lavabo i kadu i pločice. I WC. Onda sam osetila užasnu potrebu da zaplačem. Da je-cam. Zastala sam i duboko udahnula i nekako sam pro-gutala te suze, i nastavila da radim po kući. Sebi sam zacrtala da ti više neću pisati. Nikad se nisam tako isponižavala u životu. Mora da misliš da sam luda i da sam budala. Tako je i ispalo.

Bilo mi je podnošljivo dok mi je stan bio prljav. Išla sam i prostirala veš. Zalila sam muškatle i oprala terasu. Usisala sam sve i obrisala prašinu. Kad je sve to bilo gotovo, već pijana od bola uzela sam knjigu. Samo je dečija soba ostala zatvorena, nju nisam htela da čistim. Naredila sam sebi da čitam. Uključila sam klimu, jer mislim da je napolju bilo preko trideset pet stepeni.

A onda je postalo strašno. Gledala sam u slova knjige i slušala kako mi krče creva. Nisam imala snage da ustanem pa sam jednu rečenicu pročitala rekordnih dvesta puta. I zašto danas pišu tako duge knjige, pomislila sam, ko ima vremena da sve to pročita. 490 stranica. Ležala sam i čekala da zaboravim svoj stid, svoju ljubav, taj nesnosni bol koji mi je paralisao celo telo. Osetila sam se kao da sam u malom čamcu na okeanu. Prži me sunce a ja plutam, bez snage, suvih usana. Puštam da me vetar odnese bilo kuda.

Proći će, proći će, govorim sebi. Ali jako je, skoro ubitačno, i počinjem da ječim. Ne upijam slova, ne čujem muziku.

Kako ću da prebrodim ovaj dan, ne znam, jer mi se čini kao da me svaki minut udaljuje od tebe godinu, deceniju, ceo vek.

Možda se više nikada nećemo videti, mislim i govorim glasno okrećući programe na televizoru.

Posle nekoliko sati izlazim napolje i doživljavam toplotni udar. Dan je sparan i težak, iako je već sedam sati uveče i zlo mi je. Uspevam da kupim kilogram paradajza, kutijicu ratluka, gledam unezvereno po voću i povrću, biram maline. Kupujem i hleb. Odlazim kući i vučem noge. Ležem u ohlađeni stan, i to mi je prvi dobar osećaj danas. Ovo vreme napolju, to je pakao, nema ništa gore što sam osetila i udahnula u životu, čekam zahlađenje, kišu, vetar, vazduh.

Posle malina zaspim, neopranih zuba.

2.

Budim se u sedam ujutru. Odlazim do kompjutera i nadam se čudu. Nisi mi pisao, osećam to. Ne mogu da proverim, nemam snage. Bol mi i dalje pritiska grudi i stomak, i odnekud se setim pokojnog prijatelja iz škole, koji je umro od droge. Odjekuje mi njegov glas, čujem ga kako mi govori da kad čovek počne da pada, nema dna, pada se sve dublje i dublje, ponor je ogroman, ali dna nema.

Pre petnaest dana imala sam intervenciju, uzeli su mi uzorak tkiva. Danas čekam rezultate biopsije, a tu je skala veoma konačna, baš kao što smo i mi. Rezultati od jedan do sto, ima dna. Ako su rezultati dobri dobiješ prvih pedeset poena, nema operacije, zdrav si, ali ako su loši, ako su malo loši, šezdeset, ako ima metastaze do sedamdeset pet, ako su veoma loši, devedeset, dok ne dođeš do stotinu, sam ili sama, u agoniji. Kraj i *roptanje*, sećam se šta si govorio.

A danas mislim na to kako si me zgazio, ponudila sam ti svoje prijateljstvo, kao mali nežni cvet, koji sam godinama nosila u ukočenom, oznojenom dlanu, raskuvanom od vrućine, u grudima, u glavi, a ti ne samo što ga nisi pogledao, nego si kao neka stena smrvio i prešao preko mene, kao da ne postojim, kao da nisi čuo nijednu moju reč, kao da nisi primetio da sam se otvorila do ranjavanja, kao zalog da te nikako neću povrediti. Ne više.

Puštam Šopenove prelide i polako tonem u njih, oblažu me, ulaze mi kroz pore otvorene od vrućine i ispunjavaju prazninu. Kad sam bila sasvim mlada nisam volela Šopena, nisam mogla da razumem njegovu iskrenost, bila sam željna mračnog i teškog u umetnosti. Onda sam jednom, u Izraelu, od Pnine Salcman, poznate jevrejske pijanistkinje čula, da Šopena može da svira i razume samo neko ko je bio pijan od ljubavi, da, baš tako je rekla, i ne samo pijan, već i neko koga je telo bolelo od ljubavi, telo koje se svelo na prirepak duše, telo koje je postalo samo nevažni i mlitavi privezak. Postaje mi žao svih onih koji nisu slušali Šopena, koji ga ne razumeju, ili ne vole, razmišljam koliko su uskraćeni oni koji su živeli život nisu nijednom odslušali Šopenove prelide. U prelidima su sve boje ljubavi, i pastelne, kao Moneovi lokvanji i bašta, i uljuljkujuće sanjarski, i razdirući, ubistveni, i oni kad se nemoćno sećamo nečega što ne može da se vrati. Sve je u toj muzici. Zaboravljam na tebe nakratko.

Neko zvoni na vrata, gledam kroz špijunku, poštar je. Otvaram vrata i potpisujem neku priznanicu, on mi daje knjige i traži mi novac. Odlazim po novčanik. To su dve knjige koje sam naručila za tebe.

Stigla je noć i sove krešte svuda naokolo. Čak je jedna sova sletela na moju terasu, mogla sam da je vidim i da je dodirnem, toliko mi je bila blizu. Braonkasta mala sova mi je noćas pravila društvo. Sin me nije danas zvao, ali ja ne žalim, osećam se kao u nekom ružnom snu iz koga treba da se probudim.

Znam da ću te zaboraviti, jer drugačije neću moći.

Ubeđujem sebe da si krajnje bezosećajan, govorim ti da odeš. Ne želim ni bol ni patnju.

Nisu gotovi rezultati biopsije. Čekam.

3.

Ustajem u pola devet. Bol se smanjio i pojavila se praznina, ogromna, koju pokušavam da ispunim bilo čime, čitam do tri po podne o Botičeliju, o nesrećnoj sudbini Simone Kataneo i njenoj smrti od tuberkuloze. O nesuđenoj ljubavi lepog Đulijana Medičija i Simone, već udate za Vespučija. O Botičelijevoj raskalašnosti, nemaru prema novcu i njegovom preobraćenju u hrišćanskog asketu, o napuštanju poetičnog i mitološkog. O kupovini porodične grobnice u crkvi Onjisanti, blizu obale Arna. Ovde leži porodica Marijana Filipepija. O tome kako su mu na poslednjim slikama linije postale oštrije, grublje.

Kako je nestalo poezije, lebdenja i vetra.

Punim se bilo čime, Bahom. Murakamijem. Mikelanđelom.

Vestima.

Životarim. Od tebe ni slova.

Rezultati su stigli, dobri, ali upozoravajući, ćelije na promeni su mlade, bez atipije, ali potrebno ih je kontrolisati svakih šest meseci.

4.

Opet sam ti pisala, želim da mi oprostiš, više od svega. Ali danas mi je sinulo: za tri dana mi se vraćaju muž i sin sa mora, a to znači da moram da pokušam da se saberem.

Odlazim u sobu svog sina, i pregledam stvari, slažem njegove igračke, skupljam automobile na jedno mesto, drveni voz i pruge na drugo mesto, slažem lego kocke. Luftiram sobu, menjam posteljinu. Vraćam knjige u policu. Mirišem njegovu jastučnicu. Otvaram fioke i slažem majice, jednu od njih prislanjam sebi na lice i udišem njegov miris. Ne mogu da dočekam da ga vidim, malog mršavog zelenookog dečaka. Miris mog deteta me prene i začudim se: kako sam prvi put ovih dana zaboravila da sam majka, otplovila sam niz vodu, samo sam se prepustila matici.

Odjednom mi se čini da sam sebična, jer šta ja tebi mogu da pružim? To što sam udata me ne sprečava da budem sa tobom, ali to što sam majka, to je zauvek. Ta veza je neuništiva. Mogu samo da ti budem prijatelj ili ljubavnica. Možda se zato ne javljaš, možda, mada mi je to teško da zamislim, i ti mene voliš, i želiš sebe da poštediš patnje.

Ovaj gubitak je nešto najgore što mi se do sada desilo.

Ove noći sanjam Botičelijeve Tri Gracije kako su se do nestvarnosti nežno uhvatile za ruke, isprepletale su prste, dok lebde na travi prepunoj cveća, dugonoge i bose u providnim haljinama. Proleće je bila narudžbina Lorenca Mediča, rađena na drvetu topole, želja Mediča da uživa u životu, oda radosti. Sanjam Zefira kako drži u naručju neplodnu Hloris, dok se Tri Gracije lebdeći dodiruju. Merkur razbija oblake, podižući štap prema nebu.

Samo vidim te dugoprste šake, koje kao da su vrludave i nošene vetrom, sanjam iskrivljene vratove, čeznutljive oči, uvek nezadovoljne. Mesto ode životu vidim setu i zamišljenost.

Tatjana Simonović Ovaskainen
ZGAZI ME NEŽNO
*

Izdavačko preduzeće
RAD
Beograd, Dečanska 12
radbooks@eunet.yu
*

Za izdavača
SIMON SIMONOVIĆ
*

Lektor i korektor
MIROSLAVA STOJKOVIĆ
*

Grafička oprema
I.P. RAD
*

Štampa
Elvod-Print, Lazarevac

CIP - Katalogizacija u publikaciji
Narodna biblioteka Srbije, Beograd

821.163.41-32

SIMONOVIĆ Ovaskainen, Tatjana
Zgazi me nežno : priče / Tatjana Simonović Ovaskainen.
- Beograd : Rad, 2007. (Lazarevac : Elvod-Print). - 147
str. ; 20 cm. - (Biblioteka Rad)

ISBN 978-86-09-00966-2

COBISS.SR-ID 143413516